中国语言文学一级学科甘肃省重点学科

2012教育部新世纪优秀人才支持计划（NCET-12-0665）

象雄珍珠宗

姜佐鸿 整理

多拉 译

中国社会科学出版社

图书在版编目(CIP)数据

象雄珍珠宗/姜佐鸿整理;多拉译. —北京:中国社会科学出版社,
2015.1

ISBN 978 - 7 - 5161 - 6150 - 0

Ⅰ.①象⋯　Ⅱ.①姜⋯②多⋯　Ⅲ.①藏族—英雄史诗—中国
Ⅳ.①I222.74

中国版本图书馆 CIP 数据核字(2015)第 107179 号

出 版 人	赵剑英	
选题策划	陈肖静	
责任编辑	陈肖静	
责任校对	刘　娟	
责任印制	戴　宽	

出　　版　中国社会科学出版社
社　　址　北京鼓楼西大街甲 158 号
邮　　编　100720
网　　址　http://www.csspw.cn
发 行 部　010 - 84083685
门 市 部　010 - 84029450
经　　销　新华书店及其他书店

印刷装订　北京金瀑印刷有限责任公司
版　　次　2015 年 1 月第 1 版
印　　次　2015 年 1 月第 1 次印刷

开　　本　710×1000　1/16
印　　张　11
插　　页　2
字　　数　201 千字
定　　价　48.00 元

目　录

序　言

　　藏族英雄史诗《格萨尔》是一部伟大的史诗，至今仍在传唱，被誉为"活态史诗"，2009 年 10 月 1 日被联合国教科文组织列为世界"人类非物质文化遗产代表作名录"。目前已经出版《格萨尔》史诗共有 180 多部、100 多万诗行、4000 多万字，仅从篇幅来看，已远远超过了世界几大著名史诗的总和。

　　《格萨尔》史诗传唱历史悠久、结构宏伟、卷帙浩繁、内容丰富、博大精深、流传广泛，代表着古代藏族民间文化的最高成就，是研究古代藏族社会历史的一部百科全书。为我们提供了宝贵的原始社会形态和丰富的资料，从生成、基本定型到不断演进，包含了藏民族文化的全部原始内核，在不断地演进中，又融汇了不同时代藏民族关于历史、社会、自然、科学、宗教、道德、风俗、文化、艺术的诸多知识，具有很高的学术价值、史料价值、欣赏价值和原生态文化价值。同古希腊史诗和古印度史诗等许多优秀的史诗一样，是世界文化宝库中的一颗璀璨的明珠。

　　《格萨尔》作为一部"活形态"的史诗，自远古至今仍在民间广为流传，是广大藏族读者喜闻乐见的艺术载体，显示出强大而旺盛的生命力。但是，许多人只闻其名，不知其实；只知其然，不知其所以然，这不能不视为一大憾事。语言文字方面的局限已成为这部宏伟巨著广泛传播乃至走向世界的主要障碍。而享誉世界的古希腊史诗和古印度史诗之所以影响广泛深远，并且为世界人民所了解和喜爱，其主要原因是因为这些巨著已被翻译成多种文字广为流传。

《象雄珍珠宗》是《格萨尔》史诗的经典版本之一。流传已久,故事完整,语言生动,结构合理,是一部具有欣赏价值和资料价值、研究价值的版本。从这部译著的内容而言,多拉教授翻译时将此书分为六章,第一章描述了格萨尔的叔叔晁通打劫象雄商人,从此象雄和岭国之间结下大仇,而后逐渐拉开激战序幕的经过;第二章主要反映了象雄和岭国互相袭击军营,最终象雄军遭到惨败的场面;第三章着重描写了在两军激战中象雄大臣猛将被岭军砍杀,东琼、斗拉和赤盖,联手抛出索绳活擒赤丹的生动场景;第四章主要叙述的是象雄王闯入岭国军营,活捉岭国达戎晁通的经过;第五章集中描述了象雄精兵强将坚守天险崖,岭国精兵多次攻克未能占领时,天母尼尼嘎毛实施法术,突然降下铁雹攻克险隘战胜的故事;第六章反映了岭国大王格萨尔射箭杀死象雄王之后,象雄国归属于岭国的结尾。

总之,两国之间战争冲突的起因则是岭国的叔臣晁通首先挑起了事端,战争的结局则以岭国大王格萨尔率领大军,打败象雄珍珠宗,最终获得胜利。

这部译著质量上乘,可读性强,至少有以下四点突出特点。一是译者是汉藏精通的藏族学者,翻译功底很好,因此,原文理解透彻,语言表达清楚、准确,符合汉族读者的阅读口味;第二是对此书中的人名、地名、城名、国名、马名、武器名、曲调名等,以及名词术语尽可能地进行了统一和规范;第三是有些原始藏文中的本土化特色,在翻译成汉文,总是感到应有的浓郁的藏族民间文学风格的意思不能完全表达出来,为了保留《格萨尔》史诗原有的风格,采用了"资料性"翻译技巧,尽量未作纯艺术化的加工和处理,保持其"原汁原味";第四是翻译作品故事上下连贯,文学语言优美顺畅,具有较高的文学吸引力和感染力。

今天,多拉教授在繁忙的教学之余,将《象雄珍珠宗》翻译成汉文付梓出版,这可谓是英雄史诗《格萨尔》保护与发展中所取得的一大贡献,也是我们格学界的一大成果,可喜可贺。

此书的出版,有助于推动《格萨尔》史诗的翻译、整理和研究,而且对加强民族间的文化交流、增进民族团结，继承和弘扬中华民族的优秀传统文化，以及发掘、抢救和保护我国非物质文化遗产具有特别重要的意义。

多拉先生是青海省海南藏族自治州人，是我的老乡，他从小聪明好学，谦虚谨慎，吃苦耐劳。现任西北民族大学教授，从事语言学及应用语言学教学与研究，其国家社科基金"语料库的《格萨尔》史诗语言研究"用语料库方法解构史诗人物、场景、生活用品、武器铠甲等，计量化地勾勒了史诗之结构性场面。他不仅是研究《格萨尔》史诗的优秀专家，而且是对整个藏族传统文化知识掌握较全面的一位学者。先后出版了多部藏汉文著作，发表了许多研究论文，多次主持有分量的国家人文社科重大、重点科研项目，取得了可喜的成果，受到了同仁们的赞许。

他很年轻，有精力，有雄厚的文化底蕴。希望，在今后的诸多工作中，不断地为藏族英雄史诗《格萨尔》的抢救与传承方面做出更大的贡献，奉献给社会，奉献给民族。

角巴东主

2014 年 11 月 5 日

前　言

　　《象雄珍珠宗》是《格萨尔》史诗十八大宗之一，其翻译始于世纪之交的公元 2000 年，之后译者由于改变研究方向，搁置了一段时间，直到 2008 年才又重拾这部伟大史诗，利用工作间隙将其翻译完成。

　　从史学角度看，《格萨尔》史诗是藏族民间口承史料，集成或囊括了藏族历史上诸多主要历史事件和社会发展脉络。藏族作为全民信教的一个民族，信仰取向一直是一个至关重要的全民课题，本土宗教—苯教和外来信仰—佛教之间的斗争自公元 7 世纪以来从未间断，灭苯或灭佛运动也时有发生。

　　众所周知，苯教发源于象雄地区，其辉煌和没落都与象雄的兴衰紧密连接在一起，即便是现在，"象雄"也几乎是苯教的代名词，对于苯教的追根溯源都离不开象雄。英雄史诗总是始于战争，终于战争，战争贯穿所有部本的始终，《象雄珍珠宗》也不例外。不过，《象雄珍珠宗》从其叙事看侧重于战争，但重点却落在信仰更替上，记录了本土宗教苯教与外来宗教佛教之间的更替过程。象雄国信仰苯教，而岭国信仰佛教，岭国战胜象雄国并把佛教传播至象雄，从史诗看，这种更替并没有和平进行，而是借助战争，尽管战争的起因与此无关。由于挑事者是岭国格萨尔王的叔叔晁通，而后岭国又进犯象雄国，因而在战场上底气不足也导致岭国一度失利。当然，在整个史诗的二元化叙事处理中，正义必将得到伸张贯穿于史诗的始终。

　　据传，我国四大名著中，《三国演义》的人物有 1183 人；《西游记》写了 400 多人；《红楼梦》写了 975 人；《水浒传》中，有姓有名的 577 个，有姓无名的 99 个，有名无姓的 9 个，无名无姓但对故事情节发展有作用的 40 个，加起来一共写了出场人物 725 人。但《格萨尔》史诗人物至今也没有个完全统计。仅就译者统计的《格萨尔》史诗之《霍岭大战》部而言，人物已达 1281 个。而整个史诗还在不断涌现新的部本，目前已知的有 186 部，每部史诗都是岭国与不同国族或部落发生的新的传奇故事，可想而知其人物有多少个。因此，不仅从百万诗行的角度，即便是人物和情节描述上《格萨尔》史诗作为世界史诗之最，也当之无愧。

　　《格萨尔》史诗已有部分汉译本，但总体来看，译本偏少，不利于华语读者群对《格萨尔》史诗的进一步了解和研究，作为中国文化宝库中一颗璀璨的明珠，让更多人看到这部伟大史诗是《格》学界理当尽职的一项工作。本人能在这个领域发挥绵薄之力，深感荣幸。即将付梓之际，原青海省文联主席、《格萨尔》研究泰斗角巴东主先生在百忙中不吝赐教并为本书写序，在此表示衷心感谢。同时，还要感谢我的导师兰却加教授对我多年的培养和教导。也要感谢我的各位同仁和亲朋好友，祝他们幸福安康、吉祥如意。

译者

于 2014 年 11 月 20 日兰州

第一章

晁通打劫象雄商，
象岭从此结冤仇。
岭伐象雄征途中，
拉赤姑蒙被象弑。

　　话说岭国格萨尔王传记中讨伐象雄珍珠宗的故事，时值木龙（甲辰）年腊月二十五日，象雄苯教王派遣的商队一行十三人，把金银绸缎、红绿松石珍珠宝贝等大量财宝，驮在三百匹骡子上路途经达戎绿滩扎营休整时，被达戎王看见，便带一奴仆一同前去询问来由去向，商人们回答说他们是象雄苯教国的商人，前去汉地做买卖。而在这时，达戎王晁通看见了金银财宝后顿生贪念，心想：此次定要打劫这些商人。于是，他故意买了一些东西并和商人们聊了很长时间，方才回到家里。一回家他就立即同儿子戎色、拉格二人和大臣商量，说："这个商队非劫不可，金银财宝实在太多了，而且他们也已松懈，如此甚好！"便决意劫财。于是，第二天黎明时分，拉格二兄弟和大臣象尼、达戎尼玛朗夏、阿华等人带着二十名骑兵，把该商队一举歼灭，所有财物打劫一空。回来后，晁通将一半财物据为己有，剩余一半则平均分配给其他将士，待分配完后，晁通捋着长须乐滋滋地说："现在，如意宝已吞下，我这老人的心想事也成，他象雄王远在千里之外，莫及于此，对于后果就不用担心啦。不过，大家千万要守口如瓶，不能走漏半点风声。"

　　话说在象雄国，象雄君臣都在议论去汉地的商队时过一年有余，却没有一点消息，都很纳闷。这时，坐在右排首位的大臣协庆尼玛欧旦提出："商队是不是被歹徒抢劫了呢？应该让苯教师辛拉欧格占一卦"，对此大家也表示赞同。于是派阿纳顿布索让去向苯教师陈述情况并请占卜。苯教师闭目观想后说道："商队在岭国玛域被晁通王杀人劫财，洗劫一空。"并给他赐了一批黑线护身符，嘱他此物会有用处。阿纳回来后如实禀报了苯教师观想的结果，君臣们对此深信不疑。这时，象雄王怒气冲冠地唱道：

> 塔啦啦毛唱塔啦，
> 啊啦啦毛唱啊啦。
> 万里晴朗碧空中，
> 周毛雷神请明鉴！
> 云雾缭绕宫殿中，
> 畏色虎神请明鉴！
> 紫色容千帐篷里，
> 畏玛弥塘嘎巴鉴！
> 祈请来佑本王政！
> 此地是我容千帐。
> 我是无敌象雄王，
> 象雄和那白岭国。
> 从未有过宿恩怨，
> 此次欺到我头上。
> 山沟里的牛粪蛋，
> 怎敢与那石头碰。
> 乳臭未干娇惯儿，
> 怎敢横心斗勇士。
> 边缘地的称霸者，
> 怎敢欺我象雄王。

去汉地的经商客，

无一生还都被害；

金银珠宝三百驮，

是我象雄财富源，

件件都是无价宝，

此仇不报非男儿。

雍仲拉杰格布等，

速领三百铁骑兵，

立即奔赴花岭国，

将那晁通及家人，

一个不留都要杀，

金银家产抢回来，

毁其家园摧其城！

如若完成这任务，

每人赏足十两金。

众将听好本王言。

句句都须记心间！

　　象雄王唱罢，众大臣面面相觑，鸦雀无声，谁也不敢发言。这时，坐在左派首席的南卡托尊大臣响应了大王的话说："是的应按大王的吩咐办理"，于是大家决定照办。大力士协庆心里虽不完全同意，但这次的确是岭国抢了象雄国财宝，加上大王说话有其威严，遂提醒了几句，便也再未多说什么。

　　三天后的早晨，所派两位大臣带着三百骑兵向岭国出发，经过二十五天的艰难跋涉，终于到了岭国达戎的地域。这时达戎的营部就在黄河上部华日小山下，象雄骑兵遂于后半夜将它团团围住，准备进攻。然而被达戎大臣俄格达察弘让和象尼察觉出来，立即穿甲戴盔，骑上战马直冲向象雄兵中左砍右射，杀死二十人。见此惨状，象雄大臣协庆怒气冲冲地前来迎战，被岭将俄格达察砍了两剑却未能伤着，象雄力士协庆旋即用长矛一戳，直中达察的脐眼戳通了整个身子，当场毙命。象雄大将雍仲拉杰也拔刀冲向达戎大臣象尼，象尼未能敌住且见势不妙就逃之夭夭了。此时，达戎王晁通还在山中闭门修马头明王密法，他的两个儿子出外打猎尚未归来，于是，象雄兵马从晁通家毫无阻拦地把被晁通所劫的财物和马牛羊等尽皆赶回象雄。

象尼逃出来以后，直奔晁通修行的地方，禀告了详细情况。晁通听了很是慌张，说道："阿卡卡，如此一来，事情就很糟了，现在咱俩只好去向格萨尔大王禀明情况了。"格萨尔大王知道情况后便对晁通说："昨夜三更我也梦到要降服象雄王的授记，现须召集六部僧俗前来集会。弥琼你快派人分赴各地召集各部将领。"弥琼领命后，敲法鼓，吹法号，派集信使前去召集岭国各部将领速到会堂集会。

第二天，各部英雄如期集合到花虎塘会堂，排了九十九排，格萨尔大王坐在如意威胜金座上，面庞犹如十五的月亮，明亮照人。他环视了一下众英雄后，唱道：

> 塔啦啦毛塔啦唱，
> 啊啦啦毛唱啊啦。
> 祈请东方普陀山，
> 观音菩萨不动尊！
> 祈请铜色华日宫，
> 莲花生师愤怒尊！
> 愿佑一切善业昌！
> 恶业邪教皆毁灭！
> 如若不知这地方，
> 这是花虎塘会堂。
> 如若不知我是谁，
> 我是狮虎宫殿中。
> 岭国格萨尔大王。
> 诸位勇士听我言，

昨业三更之时分，
大梵天王显梦中，
五色彩虹之中央，
无数神子围着他，
对我如此授记道：
象雄苯教国王他。
今年到了降服时，
他的珍珠宝贝宗，
今年已到开启时。
如若今年不降服。
以后便无战胜日。
再者昨日下半夜，
达戎营部遭匪劫。
又杀人来又劫财。
怎能坐视而不管。
古时藏人有谚语，
有仇不报是狐狸，
有问不答是哑巴。
有借无还是无赖。
各部上从将领始。
下至兵丁速召集，
就像降服协日时，
所作部署不要变，
幸巴玉拉和华毛，
东琼协嘎道青将，
查白格日切智等，
谴使速召各兵马。
一来此乃神授记，
二来为了要复仇，

> 三来为显勇士威，
>
> 金科玉律不收回，
>
> 众将听好本王言。

唱罢，坐在前右排首席的尕乃贡巴叔叔应声道："人主我王所言甚是。正符合我的小红经书中的同样记载，说什么：'北方黑色小野牛，陷入红虎崖之日，万箭齐发应射死。'因此，各位王公大臣及四方诸国应按大王所示携手降服象雄，野牦牛可防不可欺，白狮子该显其身手，大王会继续不断得到神的授记。"说罢，大家都很赞同。

为召集四方诸国的兵，从岭木氏部派遣两个人送信给北方魔国的阿达拉毛部，派大臣象尼去召集霍尔国幸巴王，派达玉阿杰去召集姜国玉拉托居，派达戎尼玛朗夏到南方通知东琼斗拉赤格，从嘎氏部派出朱阿杰到大食国协噶旦巴处招兵，派小层安滚拜噶到索波达玛多钦处筹兵；派三只仙鹤到阿赞昌巴格日和协日国噶伦切智处通知，于五月初八在达地和阿智的边界集结由阿智清点兵丁，十五日在协日拉滩集结由协日点兵。五月初三，在上白岭国集结了霍尔国、门国、魔国、姜国、蒙古、大食以及白岭国的嫡系兵马，由右排首席的丹玛玉杰托格大将唱了如下一首安排部署的歌道：

> 塔啦啦毛唱塔啦，
>
> 啊啦啦毛唱啊啦。
>
> 顶礼救主佛法僧，
>
> 格萨畏玛战神察！
>
> 今天引我丹玛歌！
>
> 如若不知这地方，
>
> 这是花虎塘会堂；
>
> 如若不知我是谁，
>
> 我是水纹圣殿中，
>
> 丹玛玉杰托格将。

木氏家族的大臣，
砸烂敌头的铁锤，
虎胆英雄敢死将，
部署兵降敌马人。
杀敌我急冲在前，
收兵我在最后护。
十八营部各大将，
今天听我丹玛歌！
座虎白色圣帐右，
赛巴营和丹玛营，
犹如雄鹰冲在前。
座虎白色圣帐左，
恩布营和达戎营，
勇猛无比冲在前，
木氏营和达地营，
排在诸营之前面。
玉拉营和嘎日营，
排在圣帐之后面！
辛巴营和加洛营，
紧接后营相呼应！
南门部和百户部，
紧接右翼想呼应。
大食部和魔国部，
蒙古部及阿扎部，
紧接前锋想呼应，
切智部和千户部，
紧跟前营勿掉队。
十八万兵将象雄，
杀他人仰马又翻，

创好战绩众兵将!

丹玛唱罢,众大臣表示赞同。第二天,破晓时分,由右翼牵头大队人马直向象雄出发。这时,格萨尔雄狮大王身穿盔甲,威风凛凛,战神畏尔玛围绕着他犹如黑云滚滚,而其王妃珠牡向他礼歌祝愿吉祥,并敬献美酒送行,在愉快的气氛中大王告别父老踏上了征程。

十二月十五日,切智大臣和协日兵马在象雄和协日边界会了师,二十九日,大军行至象雄莲花湖边,嘎尼贡巴叔叔提醒道:"岭国各位勇士兵将!请看那北滩迷雾中,黑山崖上形如野牛群,这是不祥的兆头,这在《敦氏授记》中早有预言:北方的象雄苯教王,有外卫兵如野牛群布满山岩。所以请大家三思而行。"晁通道:"一看见象雄的山就怕得不敢往前走,对这有何三思的必要,大家不要听这胆小鬼的话,走!"说着便策缰拔镫前行。切智沉思片刻后说:"嘎尼叔叔说的有道理,几个英勇善战的将领应该走在前面,以防不测,"说完切智本人和华拉、东琼、拉赤姑蒙等四位将领一起走在前面。晁通因走在最前面,他先看见象雄国外围兵全副武装,威风凛凛的阵势,便吓得哆哆嗦嗦地向回跑来,正好与四位勇士相遇,就装出若无其事的样子说:"前面来有象雄的外围兵,见我达戎王后只有往回逃,不敢前来这里,我是专来给你们报这告个情况的。"四勇士听了晁通的话后,一致认为从晁通自吹自擂的话来看他肯定是逃回来的。但象雄兵临边界应该是事实。于是,催马扬鞭,像风一样冲向前方,靠近象雄兵马时,被对方发现。从象雄兵营中冲出智拉格丹和督郭弘让二人前来迎战。这时,切智也赶忙拔出弓箭,犹如野狼捕猎一样迎了上去,唱道:

塔啦啦毛唱塔啦,
啊啦啦毛唱啊啦。
我对佛法僧三宝,
虔诚无二作祈请!
畏玛冬则禅俄鉴!

今天来佑我切智！
如若不知这地方，
这是北坡湖泊边。
如若不知我是谁，
我住尼肖玉滩上，
铜墙城堡之主人，
勇猛战将切智臣，
百发百中之射手。
赤面赤骑听我歌，
我兵前行无障碍，
为何此处受阻挡？
伏兵于此何意图？
白岭天兵来此地，
起因在于去年事，
去年象雄去汉商，
被我岭人所劫持，
杀人劫财无活口，
为此象军来复仇，
由此象岭结对头，
今天来叙这一事，
若能和解则为上，
从此友好两相安。
为何要挡我去路？
你应收敛不应狂，
何故无缘结此仇。
古时藏人有谚语，
狐狸显耀其皮毛，
终成姑娘帽边饰。
雄鹰显耀其羽毛，

最终成为箭上翎。
你不好自而为之，
就会丧命于我手。
白岭八十勇猛将，
迎敌就像霹雳轰，
霹雳能否用手挡？
识时务者来迎战，
否则拿命来见我。

切智唱罢，督郭弘让也勒马回复道：

塔啦啦毛唱塔啦，
啊啦啦毛唱啊啦，
上祭龙神霹雳王。
下祭虎神火焰尊。
畏玛弥塘嘎巴尊，
今来请把歌头引！
若不知道这地方，
北方湖泊之彼岸。
若不知道我是谁，
边防守将弘让魔。
象雄苯教王麾下，
掌管法律及公章。
飞鸟难飞越天罗，
走兽难逃离地网。
外卫驻兵十万余，
内部兵力无其数。
外人一个不放进，
里边之人难逃出。

协日内奸切智你，
把那协日国家亡。
还做仇家之将领，
奸人来此求何荣？
古时老人有谚语，
恶狼窜进羊圈中。
最后必死羊圈旁，
小鸟来到鹞巢边。
必将死在鹞巢旁；
切智来到我军前。
必将肢解于此地。
象雄苯国之边军，
可以让你切智撞，
今天日落西山前。
如不陈尸此遍野，
秃鹫不哀鸣此空。
血不能流成长河，
我就决会不罢休！
久闻恶岭有勇士，
发箭犹如霹雳猛。
今天由我来领教，
戳破谎言不费劲。
象雄国王的商队，
无缘被岭劫又杀。
还来此处讨说法，
如此欺人不能忍。
协日将领切智你，
今天首先来受死。
出乎本将意料外，

对我象雄威严国。

无畏男儿也胆怯，

我这姜塘众兵马。

怎能投降于你部，

协日切智的下场，

也是后军的覆辙。

　　督郭弘让唱罢，摆开架势稍等了片刻，这时，岭兵的前锋百余人也到此处，象雄将领们也以土丘作防，严阵以待。岭军勇士们如猛虎捕食一样冲入象雄兵营，首先岭将华拉和象雄智拉格丹二人对斗，华拉用大刀砍了三下未能伤着，智拉格丹也向华拉连砍两刀也未能伤及身体，于是向华拉的坐骑砍去一刀，其坐骑东日的前肩胛稍稍受伤。东琼将和拉赤姑蒙见状赶忙过去协助华拉，智拉格丹一挥刀就把拉赤姑蒙的人头砍落在地，华拉向智拉连砍数刀虽无济于事，但智拉格丹毕竟寡不敌众，便逃之夭夭。切智和斗格二人激战在一起，挥舞长矛战了两炷香的功夫也未见分晓，便各自休战。于是，三勇士紧追智拉冲入象雄兵营，尽管象雄兵营中向三勇士射出无数箭只，抛出无数石头，但他们仍然冒着雨点般之箭只冲了进去，华拉砍死了百余名象雄兵，东琼杀死了七十余名，切智用长矛戳死了二十余名后便各自离去。这时，后续岭兵也到了那里当夜就地安营扎寨。三勇士把所发生的事悉数向格萨尔大王禀报后，雄狮大王说："今天的战果只能如此，我部损失拉赤姑蒙将军，虽为不幸，但也没有办法。"于是，各回兵营部署下一步去了。

第二章

依照象雄君王令，
中部那宁扎兵营。
象岭互袭对方寨，
最终象军遭惨败。

那时，象雄两位大臣也返回故里，由智拉格丹向国王禀报情况，唱道：

塔啦啦毛唱塔啦，
啊啦啦毛唱啊啦。
雷神霹雳王明鉴！
嘎巴畏尔玛明鉴！
如若不知这地方，
这是尼肖玉福滩。
容千紫帐宝座上，
象雄君王听我言。
我们边防两大臣，
遵旨带兵守边关。
北方湖边巡逻时，
发现岭兵来犯边。

协臣切智为主将，
四名英雄冲在前。
刀光剑影战多时，
其中赤人骑红马。
不可一世显威风，
被我智拉用剑斩。
继而与那三残将，
刀来剑去交了锋。
用剑劈砍无伤损，
未能抵挡而逃命。
恶母贱儿角茹兵，
定会来侵我象雄。
如何准备去迎战，
英明君王请夺定。
歌唱错了我忏悔，
话说错了请宽容。

象雄国王听罢，非常气愤，在檀香宝座上把身子向前一倾斜坐下，唱了这首部署兵马的歌道：

塔啦啦毛唱塔啦，
啊啦啦毛唱啊啦。
天上斗拉火焰神，
地下赞格玛布尊。
畏玛弥唐噶巴神，
诚心祈祷请明鉴！
如若不知这地方，
这是容千紫营帐。
如若不知我是谁，

我是象雄苯教王。
制敌大军之首领，
岭人欺我也太甚。
前年象雄贸易客，
路过岭地被抢劫。
象雄兵去复了仇，
十万岭军今来侵。
古时藏人有俗语；
欺人太甚愤必反，
白密吃多反伤肝，
此言不假千古真。
东方沮洳六宗中，
住着五个千户长。
东方绒卓大将军，
十大英雄在身旁。
率有兵马五千五，
速速动身来此处！
南方紫山六部中，
住着六位千户长：
象雄斗毛赤丹将，
十大英雄在身旁。
穿甲戴盔速起程！
西方大湖边沿上。
住有静猛女魔王，
陀赞鲁傲做大将。
威猛无敌盖象雄，
十大英雄在身旁。
手下精兵七千七，
速速整军来此地。

北方野牛九沟中，
住着斗格旺赞将。
十员猛将侍左右，
手下精兵四千四。
风雨无阻请速来！
本月初九吉祥日。
象雄中部射箭场，
须集人马点兵将。
在那那宁中琼仓，
各部下寨扎营房！
桑曲河有三渡口，
边防四大将军守！
各带精兵一百人，
冲锋要像礌石滚！
收兵应快如闪电，
人人都要立战功！
论功领赏有规矩，
临阵逃脱杀无赦！
对大岭贼何所惧，
众臣听令记心间！

象雄王唱罢，将臣兵卒都表示十分拥护。初九那天，按照上述命令，所有兵马像从一个城门拥出一样，纷纷出动，气势轩昂。战旗飘扬，盔甲整齐，兵戈齐全，队列有序，一起来到那宁琼滩扎下兵营。气势壮观，无法想象，敌人见了会胆战心惊，自己人看见能壮胆添威。一眼望去大滩上下到处都是密密麻麻的营帐。这时，花岭的大军也在桑曲河那边的查钦格塘滩扎下兵营，遍地都是人马，炊烟遮天地，深沟当马围，马鸣震山沟。双方兵马相安无事各守。在三天之内未发生冲突。到了十三日黎明时分，象雄四员主将各带一百名精兵，横渡桑曲河，从渡口上来围住了岭军兵营。此时，大将陀赞鲁傲拔出黑铁威光剑，从南面冲入岭军营寨，犹如狼入羊群一般，在达戎部落砍死四十名披甲兵卒后，又冲入右翼杀死丹玛营中披甲勇士十余名，丹玛桑珠迎上前来说："此地乃是阎罗地，本人便是那阎罗王。"说罢，把箭搭于弦上唱道：

> 塔啦啦毛唱塔啦，
> 啊啦啦毛唱啊啦。
> 莲花大师愤怒身，
> 调诛尊前我祈祷！
> 如若不知这地方，
> 这是那宁查钦滩。
> 如不认识我是谁，
> 我住东方上岭部。
> 丹玛玉杰是我名，
> 威武众将来辅佐。
> 棕色骑者听我说！
> 岭军今日压边境。
> 要知来意是这样；
> 去年十月二十九。
> 象雄兵马突然至，
> 达戎牧户被洗劫。
> 杀人抢劫人财宝，
> 为追财物集神兵。
> 来到象雄讨公道，
> 本想你有公正王，
> 立下一条好王法，
> 依法论罪惩元凶。
> 能使两国得和解，
> 不料未能如愿心。

此愿被那铁蹄踩，
君王有法难履行，
近前申诉无机会，
君王虽有严律法。
大臣作乱在中间，
好比未见阎罗前，
道路已被小鬼断，
杀我英雄损我兵。
无恶不作结冤仇。
如果你是真英雄。
征战必有空闲时，
少安毋躁勿着急。
若能调和是上策，
互敬哈达存友谊。
求和不成欲战时，
驰骋疆场有时机。
忏悔罪业靠佛法，
抢劫财物要偿还。
求和要靠诚恳心，
争战何益想想看。
硬冲将在箭下亡，
若是智者记我言。

　　听罢丹玛此歌，大将陀赞鲁傲在马背上把身子斜坐了一下，然后回唱道：

塔啦啦毛唱塔啦，
啊啦啦毛唱啊啦。
天上雷神霹雳王，

畏玛弥唐噶巴尊。
今天来助英雄我！
如不知道这地方。
这是查钦那宁滩，
若不认识我是谁，
我是西方千户长，
陀赞鲁傲是我名。
青面老头听我歌，
象雄无罪贸易客。
平白无故遭抢劫，
今天大军压边境。
杀我守边放哨兵，
又来假意谈议和。
血债要用血偿还，
这是千古不变理。
今天你我相拼杀，
你要赢了是英雄。
我要胜了是好汉，
食鼠肉的贼角如。
未能落入我手中，
私敌丹玛桑珠将。
如不挑在我刀尖，
我跟行尸没两样。
还有鬼兵乞丐卒，
如雹打苗全杀光。
英雄夹尾狐狸群，
取尽首级无头尸。
纵横旷野垒河道，
此话请你记心上。

陀赞鲁傲唱罢，挥舞着宝剑直冲而来，丹玛立即向他射出一箭，正中其前额，由于他属真魔之子，未能伤身。丹玛也拔剑挥砍，二人厮杀一起，几个回合过去，仍不分胜负，便各自收兵了事。

这时，斗毛赤丹舞着长矛冲入协日兵营，刺死了十名士兵。噶伦切智见状，立即拔出宝剑迎面向他砍了一剑，刚好和他刺来的长矛相遇，矛头当即砍落。于是，斗毛赤丹也拔出剑来与切智战作一团。切智挥砍一剑，刺中了斗毛坐骑的前胛上，斗毛担心他的坐骑受伤不能支撑，便回拨转马头向回逃之夭夭。象雄大将斗格旺赞、达图东奈雅迈和玉孜桑珠三人并肩冲出北面营寨，恰好遇上东赞汉，他没有来得及唱歌禀报姓名，就拔出剑来向玉孜桑珠砍去，一剑将其劈成两半。正在此时，斗格向火焰汉砍来一剑，将他杀死。之后，斗格还不罢休，又砍杀了百余名姜国兵卒，姜王子玉拉赶忙连发了三箭，第一箭射死了东奈雅迈，后两箭虽射中了斗格和玉孜，却未伤身；两人连忙向玉拉各射一箭，也被铠甲挡住，未能伤及身体。三人同时拔剑拼杀，战成一团，未分胜负，斗格和玉孜便罢手而归。辛巴、玉拉和朱拉俄三人遂拔剑冲入象军当中，杀死了百余名象雄士兵。此时，象军鸣锣收兵，切智趁此机会挥舞长矛，策马直追，杀死了十余名象兵后便罢手而回。那天晚上象军聚集在一起进行商议，决意要捉住角如和晁通，不达目的誓不罢休。就在当夜，雄狮大王在他一见自解脱的神帐中入睡后，梦见在天空中，南曼智慧空行母坐下骑着无鞍狮子，手中牵着苍龙，在香雾缭绕中对他授记道：

格日德哇扎格耶，
南无散吧斯底吽。
若不知道我是谁，
我是南曼空行母。
未卜先知授记者，
是盏引导大王灯。
无敌神子听我言，
十八大宗做主人。

非你莫属无他人。

明天晚上夜半时，

象雄四位大将军，

带领英雄兵马众。

将来偷袭岭兵营。

陀赞鲁傲大将军，

是阿群盖日魔孙。

弥群仁扎之后裔。

擦哇拉让之化身。

迎战此敌的岭将。

华拉丹玛和曲珠，

除此三人无对手。

做好准备迎敌人，

后天十八乃吉日。

到了击溃象军时，

此前攻击难遂愿。

以后授记还会有，

人神相连不分离。

南曼我的授记言，

勿忘牢牢记心里！

　　天母唱完授记歌后，随即消失。第二天，雄师大王召集群臣传达了天母授记的内容，并部署了兵马。当夜全营将士依照大王旨令，戴盔穿甲，全副武装，严密布阵，等候敌人来袭。半夜时分，象雄四员大将带领精兵从右翼赛巴兵营，挥舞长矛长驱直入，杀死三十余名穿甲岭兵。岭军奋起抗击，拼命厮杀。陀赞鲁傲挥剑砍死门王子达东智巴后，直向大军帐冲来，戎王子拉格与之相遇，拔剑挡住他的去路，二人拼杀在一起，杀到第三回合，拉格肩膀中了一剑。这时切智、朱牟格和夏庆三人也已赶到，三人联手同战陀赞，却未能击伤他。陀赞遂向右翼杀出，砍死砍伤精兵百余名，然后又回马杀向前锋珠部兵营，杀死精兵十余名。珠嘎德珠部见状，气愤难忍，当即抓起一块牦牛大小的岩石掷去，击中周拉赞布，将他和坐骑砸得粉身碎骨。丹玛向象军当中连发三箭，射死象兵三十余名。辛巴王怒气冲冲，把凶恶食肉剑一挥，砍在勇士拉杰美傲的肩上，将他劈成两半。象军见势不妙，便撤逃回营。这时天已大亮，发现岭营中有三百余具象军尸体，岭军阵亡者也达一百五十人。

第二天，陀赞鲁傲大将全副武装，骑着桔色大力马，向众将说："今天我去岭国兵营，决心取下角如首级，人去多了反而不便。"说罢，威武得犹如赞神要出巡一样，好像斜剪的羽毛似地横渡了桑曲河，径直向岭营冲去。到了东门一箭射程之外时，协臣切智华沃骑上火山风暴马，如狼似虎，风驰电掣一般地手提断钢毒刃长矛来到他面前，用长矛柄狠狠地击地三下，后唱道：

<blockquote>

塔啦啦毛唱塔啦，

啊啦啦毛唱啊啦。

上师佛陀和僧宝，

慈怀勿离请护我！

如若不知这地方，

这是查钦兵营滩。

如若不知我是谁，

我是协日国土上，

总领切智英雄将；

胆略像那铁磐石，

阎王来了也不惧；

断钢毒刃此长矛。

一旦刺去必断命；

座下火山风暴马。

其速犹如疾风驰。

英雄故事是如此。

</blockquote>

听着橘色乘骑者！
狮子过猛折脖颈，
宝剑过硬拦腰断，
硬弓过弯断中间。
不自量力单骑冲，
性命必定亡疆场。
你若贪婪不知趣，
岭国格萨尔大王，
驾驭五行能自如。
白岭八十英雄将，
杀敌如同降霹雳。
食肉姜和霍尔等，
九国兵马齐上阵，
谅你单骑命难逃，
劝你自制别冲锋，
若不自量冲过来，
趁有胃口饮凉水，
趁着清醒修上师。
听懂就唱嘛呢诵，
不懂则当心中钉。

唱罢，象雄大将陀赞鲁傲火冒三丈拔出宝剑在战马鬃毛上擦了几下，然后唱道：

塔啦啦毛唱塔啦，
啊啦啦毛唱啊啦。
虎山云雾缭绕处，
歪色虎神火焰尊，
畏玛弥唐嘎巴神，

今请均来助英雄！
此地查钦十万滩，
我是象雄苯教臣。
我叫陀赞大将军，
西方七千户首领，
迎击敌人如铁锤。
贱人你底我清楚，
下贱婆娘害丈夫，
坏人跨下马受损，
奸臣能将君主毁，
叛贼切智你须听：
协日达孜君王他，
权势如汉超天竺，
却被你送角如手。
残垣断壁不忍睹，
回过头去看一看！
炫耀敌威乐其道，
认贼作父是何故？
东方戎周拉赞将，
是五千户部落长。
被你贱岭恶将杀，
损我勇士太猖狂。
血债未偿尚在欠，
今天由我来讨还。
贱岭乞丐小营盘，
　今天搅血一团：
恶母所生角如王，
扎拉孜杰小儿郎。
还有晦气达戎王，

奸臣丹玛青瘦将，

卖国叛贼切智等，

我斩下其首滚地上。

鸟雀振翅虽善飞，

终是鹞子口中食。

兔子蹬腿虽能跑，

将成岩雕美味肴。

协臣切智短命鬼，

难免被我把你诛。

远程射箭是胆小，

若是英雄把剑比。

要是本将退半步，

便是象雄的败类。

若是你退一步外，

去吃贱妇臀下尘。

　　陀赞唱罢，犹如礌石滚坡似地直冲而来，切智以迎战的长矛向他胸部连刺三下，铠甲虽被刺破，但没有伤着身体。陀赞用剑连刺了两下，砍断了切智的长矛，切智顺势用半截矛柄击打陀赞的马屁股，那马惊跳起来，直奔入岭营军兵营。陀赞趁势挥剑左砍右杀，杀死了百余名士兵。此时，安钦周扎、扎赞卡玛、华毛和魔臣宦百等赶来迎战，陀赞挥剑向魔臣宦百砍去，手起刀落，人头滚地。其余将士难挡其势，他直向雄狮大王的神帐杀来，查东、丹玛、巴拉、玉拉、朱弥噶和宁宗王都赶来与他交战，也未伤他身体。他猛战猛杀，砍伤了查东，刺死了宁宗王的坐骑，心想：如不活捉角如就不回去。于是，杀气腾腾，直往前冲。就在这时候，天、龙、念三方神兵犹如隙光中的飞尘乱窜一般从空中而降，挡住陀赞，与之交战。陀赞看出今天难以取胜，遂拨转马头想从南门冲出，不料姜国将陀特带领二十名精兵挡住他的退路。二人拔刀连续劈砍都未能伤及对方。后来陀赞猛劈三刀把陀特砍成两半，坠马而亡。继而又杀死了十余名姜兵。曲珠赶来抛出套索，套住了陀赞的脖颈，快被拉下马时，他斜身把剑一挥砍断了套绳，策马而逃。在岭军兵营中，戎王子拉格身负重伤，众将士无计可施。晃通观修拇指恶咒后，用手指轻摁了一下伤口，创伤便恢复如初，赢得了大家的一片赞誉。

第二天，是一个反击的好日子，这天辰时丹玛、巴拉、曲珠、玉拉和珠拉俄桑珠等众大将带领精兵五百，从无人把守的口岸，人不知、神不觉地暗渡桑曲河，包围象雄兵营后，丹玛从东门杀入，恰逢敌将米郭岗让把守，便一箭将他射死，随即拔出红柄姜地宝剑，犹如愤怒明王要去降伏众恶煞一样冲入象兵当中，杀死了百名兵卒，还砍伤五十余名象兵。巴拉米羌噶波拔出魔鬼利刃大刀，就像魔鬼夺命一样大喊一声从南门而入，杀死百余名象雄兵并砍伤无数，正在厮杀时，象将陀赞鲁傲气势汹汹地说道："喂！你这夹尾狐狸将，乍看像个女人身，如不把你制伏住，我就徒有这象将勇士名。"说罢，没有顿时唱歌，便拔剑杀来，巴拉立即拿出无弦白螺弓，把白翎食肉箭搭在弦上，张弓射出，正中陀赞坐骑前胸，战马倒地，巴拉高兴得"咯嗦"地欢呼了几声。陀赞气急败坏徒步冲来，用剑与巴拉拼杀在一起，但未能分胜负，巴拉趁势砍死了十余名象雄精兵。姜王子玉拉托居带领兵马从西门冲入，遇上勇士赞迈克杰，他未顾及唱歌便向玉拉连射三箭，玉拉身中一箭，射落几叶甲片，但未伤身；第二箭射穿了十名姜兵。玉拉气上心头。张弓射出一箭，那箭飞中赞迈前胸，穿破铠甲，将他射下马来，玉拉又冲入象军当中，杀死了十余名象兵。正在厮杀时，象将斗毛赤丹冲上来挡住玉拉，直截了当唱道：

　　　　塔啦啦毛唱塔啦，

　　　　啊啦啦毛唱啊啦。

　　　　象雄护法请明鉴！

　　　　此地是那宁琼塘。

　　　　我是象将虎生子，

　　　　六大千户部落长。

　　　　制伏敌人是克星，

对待兄弟柔如绸，
对敌未曾放过生。
你般小辈见得多，
轻贱不如足下尘。
姜国萨丹国王他，
不是被我象雄杀。
卫地十二大盐池，
不是被我象雄抢。
是敌你能克己好，
姜子你似很勇敢，
在我面前难成事。
若不杀个尸遍地，
我就不是象雄将。
斗毛赤丹本将军，
杀人如像转罪轮。
现在尚无收手意，
驰骋疆场马乏困，
但仍乐意纵马驰。
今天在此拼杀中，
一要报我将领仇，
二雪杀我勇士恨，
三偿损我兵卒命，
三仇不报非英雄。
姜王子若不相信，
看我怎么收拾你。

斗毛赤丹唱罢，姜王子玉拉托居取弓搭箭，摆好架势唱道：

塔啦啦毛唱塔啦，

啊啦啦毛唱啊啦。
尚不天白泰明鉴，
中部花泰请明鉴！
地上黑泰请佑助，
青青玉神请助战！
急弛婆婆请引路，
这里是那宁琼塘。
我是姜地沙漠中，
玛瑙宝座压座主。
姜子玉拉托居将，
箭术自如无人比。
赤人赤马乘骑者，
今天我来夺你命。
如罗睺星蚀日月，
是否空话自会明。
象雄斗毛赤丹你，
不会铁匠扛钳锤。
终要打伤自己身，
不识文字背经书，
干的自揭自底事。
不善思考假思考。
犹如愚人断纠纷。
慈父萨丹国王他。
前半生是魔鬼身，
雄狮如意制敌王。
数他往生非超度，
现驻西方极乐界。
故获神灵不坏身，
王子玉拉托居我。

住在上方天界时，

是那雄狮大王弟。

你这外道苯教臣，

对我大王持邪见。

乐于造孽不自悔，

还来嘲讽揭我短。

今年这一战事中，

神魔胜负必能见。

今天你和本将我，

武艺谁强比比看。

霹雳神箭一射出，

若不将你额射穿，

是我无这超群艺，

算我玉拉非好汉。

格萨畏尔玛神众，

今天助我战敌顽！

　　玉拉托居唱罢，就将箭射出，只是那支箭正中斗毛赤丹前额盔心，头盔当即射碎，但由于里面戴着苯辛的护身符，所以未能伤及皮肉。两人于是拔剑相斗，战过许多回合，未分胜负，斗毛赤丹见势不利，便逃之夭夭。

　　这时噶伦曲珠华沃手提霹雳毒刃长矛像凶赞发怒一样，从北门直冲而入，左刺右挑，杀死了三十名象兵。顿时，虎将周拉格杰怒发冲冠，心想现在我不送他一条命来说，就算我枉活于人世。于是咬牙切齿，举剑冲到切智面前，唱道：

塔啦啦毛唱塔啦，

啊啦啦毛唱啊啦。

雍仲苯教保护神，

今天来助英雄我！
如若不知这地方，
这里是那宁琼塘。
我在斯纶盖措湖，
属一千兵领兵将。
周拉格杰是我名。
贱岭野心也太大。
绵羊安居自家圈，
豺狼何故来袭击!?
小鸟安享暖窝巢，
鹰鹞何故绕此飞!?
象雄安居有乐业，
岭国为何来攻击!?
红岩巨雕居险地，
一旦出现猎鸟人。
不飞万里非巨雕。
带毒巨蟒隐深山，
一旦出现捕蛇人，
不喷毒气非巨蟒。
勇士居守象雄营，
一旦敌人来侵犯。
若不迎战非好汉。
赤人赤马乘骑者，
看似协臣曲珠将。
你像暴雨前之风，
招灾惹祸是根源。
引狼入室之罪魁，
今我不让你寸步。
手中这把利刃剑，

名叫食肉黑恶煞。

蒙古花眼魔铁匠，

曾打三把黑恶剑。

一把毒刃如吐焰，

现在辛巴他手边。

一把是那黑威剑，

斯玛拉赤国王管。

另外还有一把剑，

造在月底二十九。

刀刃锋利如黑线，

剑一出鞘日和月，

犹如被那罗睺吞。

此剑砍向敌人时。

就像山峰被雷劈，

现在握在我手里。

今天你和我交战，

观赏者是碧蓝天。

一旦其中一人倒，

血洒疆场地饮完。

来吧你我决胜负，

不把你杀非好汉。

　　周拉格杰刚唱罢，便举剑冲来，切智紧握长矛，仅在头顶一挥，然后用力猛刺过去，恰好和对方砍来的剑相碰，长矛当即被砍断。切智回马就逃，周拉紧追其后，趁势砍死了协部十余名精兵。这时，珠拉俄桑珠赶来挡住周拉格杰，与他交起战来。切智也掉转马头疾风劲驰一般从背面赶来，一剑砍在周拉的铠甲上部，吐血落马而亡。曲珠取下他的首级和盔旗众将士门"咯咯嗦嗦"地欢呼起胜利来！那时，象军大将斗格旺赞看见周拉被杀害，心如刀割，气急败坏地冲了上来。珠部的人拉俄桑珠见状后，心想：这个人如不一箭把他射死，将带来很大的麻烦。于是，他抽出格萨尔王赐给他的铁眼神箭，搭在弓上，对斗格旺赞说："喂，你这骑白短命鬼！今天碰上本将军，便是到了命尽日。"然后唱道：

> 塔啦啦毛唱塔啦，
> 啊啦啦毛唱啊啦。
> 上部战神鹞巢中，
> 华桑光明王明鉴！
> 铜山血海环绕处，
> 金虎红哇孜鉴知！
> 观照英雄我赴战！
> 如若不知这地方。
> 此是那宁琼塘，
> 如若不知我是谁。
> 在那玛康岭国土，
> 珠拉白神官殿里。
> 一母生育四兄弟，
> 我是其中最小弟。
> 要算福运我居中，
> 武艺当算其第一。
> 中支措氏形成后，
> 我成它的顶梁柱。
> 如若不知此唱法，
> 这是英雄长调曲。
> 白人白马乘骑者，
> 听我给你打比方：
> 半空白云官殿中，
> 苍龙长吟不自量。
> 会有三十流星箭，

飞来碰你把命亡。
虚空阳光照射处，
白雕腾空不自量。
有那空中强劲风，
就像利刃断翅膀。
那宁中间琼唐滩，
英雄横冲不自制。
有我断命霹雳箭，
因此你要善克己。
我们两国这纠纷，
怨就怨你象雄国。
岭国安居乐业时，
象雄兵马来侵扰。
达戎部落遭抢劫，
劫财杀人血染地。
还讲恩恩与怨怨，
自不反省怪他人。
无视八十大英雄，
想比高低是妄想。
污蔑雄狮大法王，
妄图以此逞豪强。
葬送今生与来世，
来世地狱把苦尝。
今天你和本将军，
比比箭法看谁行。
利刃剑术分高低，
若不杀你非英雄。

拉俄唱罢，斗格旺赞本想回唱一曲，但拉俄已把箭射出，那箭射穿了他的皮铠甲，因为未到降伏之日，所以没能伤身。斗格旺赞拔出剑后说："你射来的箭没有一点穿透力，如像贱女手中的捻线杆。远处射箭是懦弱的表现，勇士直接来挥刀。"说罢，冲上来与他奋力拼杀，却不见分晓。这时切智抛出套索套住了斗格，但被他用剑砍断，再不鏖战而逃之夭夭。于是，岭军也鸣锣收兵而归。在岭营里，丹玛和玉拉、切智和珠部白人等将取回敌将的首级一一献上，华拉并把杀死无数敌兵以及他射死了辱陀赞的坐骑而陀赞拔腿逃走的事等禀报后，雄狮大王高兴地说："华拉你由于勇猛无比，才得以侮辱魔鬼之子陀赞，这是个好兆头。另外，众勇士没有丝毫损伤而把敌人打得落花流水，嚣张的气焰被压下去，这很好。"说罢，嘉奖华拉一匹绸缎和十个金元宝，其他英雄则被赏赐了各自获得的铠甲等战利品和八个金元宝。

　　此后，象雄的兵马回到自己的兵营后，都纷纷抱怨说："今天这一仗，就像风吹糠枇一般没有果实。再这样战下去，我军便无招架之力，应赶快回去向大王禀报。"于是，他们快马加鞭，回到国王面前，由陀赞向大王作了详细禀报。大王听罢，非常气愤，说："损失了以周拉为主的诸多英雄，实在对我们不利，但后悔已晚。"遂唱部署兵马的歌道：

> 塔啦啦毛唱塔啦，
>
> 啊啦啦毛唱啊啦。
>
> 天上雷神霹雳王，
>
> 畏玛弥唐嘎巴尊。
>
> 降临关照我王业！
>
> 若不知道这地方。
>
> 这是容千大营帐，
>
> 如若不知我是谁。
>
> 我是无敌象雄王。
>
> 此前九十九代王。
>
> 寸土勺水未丢失，
>
> 本王龙珠主政时。

没有纠纷国宁安，
现今角如来欺凌。
踏践他国兴许成，
对我象雄行不通。
何以不通听我讲，
苯辛上师法术高。
敢死将领智勇全，
英雄勇士无其数。
大臣献计善谋略，
无须惧怕外来敌。
夏戎周拉的王位，
内臣玉珠拉格继，
部下四员大将领，
布阵战法按既定！
大臣尼玛傲丹将，
武将南夸陀格王。
箭神智拉格丹等，
各领本部九千人。
要在上部那宁滩，
下营扎寨布阵营！
猛将勇士玉傲本，
尺图达玛米让将，
赞魔洛麻齐喜将，
无敌大如嘎东等。
各带九百尾缨兵，
风雨无阻快出发。
一日千里赴疆场，
消灭角如外围兵。
苯教白光辛拉师，

快修畏色大食子。
将那角如晃通等，
要用法力夺性命！
勇士将领准备好，
随时听令去上阵！
大军征战讲三要，
前锋要像洪水急。
中路要如蛇迂回，
后卫要像卷线球。
勇士冲杀像礌石，
如不冲锋退半步。
他与外敌无二致，
军法无赦活剥皮。
英雄立功赏黄金，
但愿能把敌制伏。

　　大王唱罢，谁也不敢说话表示态度。沉默之中，右排第一个座位上的大臣希庆尼玛站起来从护身盒中取出一条哈达，向大王叩了三个头唱道：

塔啦啦毛唱塔啦，
啊啦啦毛唱啊啦。
天上雷神霹雳王，
畏色虎神火焰尊。
畏玛幂唐嘎巴神，
请临关照王社稷！
如若不知这地方，
这是容千大军帐。
如若不知我是谁，
我是三朝元老臣。

尼玛傲丹是我名。
至高黄金宝座上。
无敌大王如意宝，
请听我来把歌唱。
岭国格萨尔大王，
智勇双全神通广。
属下英雄胜霹雳，
十八大宗的主人。
定是角如由天命，
萨丹姜王国力强。
英雄虽勇被制服，
黄色霍尔疆域广。
白帐大王有权势，
鲁赞香赤大食国。
协日阿智国王等，
未能阻挡被他降。
今年侵我象雄国，
看来谁也难阻挡。
我们君臣众庶民，
同生象雄国土上。
心如一匹白绸样，
依我小臣之愚见。
鹞子俯冲来势猛，
小雀避它应少飞。
否则难保其性命，
豺狼觅食频繁时。
绵羊应躲圈栅内，
不然会遭杀身祸。
疆土怕被岭国占，

生灵将遭大涂炭。
因此投诚是上策，
非我胆怯出此言。
岭国角如无匹敌，
勇士威猛难抵挡。
应自守时不自守，
后果了如掌上纹。
要是现在能自制，
为时虽晚犹未迟。
后果要看坏中好，
是否正确请众议！

希庆尼玛唱完，把哈达献给了国王。国王听了，不高兴地唱道：

塔啦啦毛唱塔啦，
啊啦啦毛唱啊啦。
天上雷神霹雳王，
畏色虎神火焰神。
畏玛幂唐嘎巴尊，
祈请佑护大王我！
这是容千大营帐，
我是象雄国君王。
降伏敌人的英雄。
象雄怎会遭此劫。
果母下贱黄嘴儿，
他是世界一公敌。
是我苯教之私敌，
他劫无故贸易商。
又带大军压边境，

杀我勇士和猛将。

与其向他去投降，

不如战死在沙场。

与其和弱者议和，

不如自己动手脚。

若不复仇退半步，

就和死人没区别。

您愿投降自己去，

我等君王无此意。

生时同生保城堡，

死时同死葬一处。

姜王修了九年功，

欺岭太甚才被灭。

白帐大王不安分，

多行不义必自毙。

象雄不但不投降，

不让敌人渡桑曲。

敌人就像小火花，

容易灭在初发时。

三天之内来决战，

结果自会看分明。

　　国王唱罢，气愤地脸色就像黑岩山上绕浓雾，立即派使臣到国师面前转告国王的旨意。国师回言道："请君臣们放心地看着，毁掉贼岭的乞丐兵马，乃是一件很容易的事"，然后开始修炼法术。另外，国王又派三名使臣，迅速到象雄外围召集兵马去了。

第三章

　　　　　　象雄和岭战一场，
　　　　　　象臣猛将被岭诛；
　　　　　　东琼斗拉和赤盖，
　　　　　　联手抛索擒赤丹。

　　那时候，在岭营中，格萨尔大王已将象雄的各种部署通过授记和光明禅定了然于心，他带着晁通叔和嘎德二人，到刹顷奔滩各拿晁通叔叔的一个隐身法木，隐身走到象军兵营上部的刹宗曲摩山岩上，大转能使把苯教白光神的畏色法咒改变指向，做得将使象雄自食其果的法轮之后，格萨尔王从一块虎形巨石中取出宇宙断裂剑、三界套索和黑毒蛇长矛，三件佛藏兵器便回到岭营帐中，召集各路勇士，设宴款待，并把这三个兵器用哈达包好后，置于各路勇士头顶，进行加持，此时在空中呈现有吉兆，云雾缭绕，彩虹满天，隐隐听到悦耳的器乐声和恍惚闻到怡人的熏香味，于是大家更是沉浸在虔诚不已的气氛中，格萨尔大王将神的授记和作退敌法事的必要性，以及这些兵器按神的授记如何使用等事宜，用吞吃阎王调唱道：

　　　　　　啊啦啦毛唱啊啦，
　　　　　　嗒啦啦毛唱嗒啦。
　　　　　　三世怙主莲花生，

愿将无毒烦恼消！
如若不知这地方，
这是刹顷奔滩原。
如若不知我是谁，
我是格萨尔大王，
十八大宗的主人。
昨夜黎明破晓时，
怙主莲花生大师，
对我如此授记道：
苯教神祇白光尊，
县作黑苯上师相，
护佑象雄王龙珠。
此黑上师和恶王，
如果年内不降服，
来年始贬我佛法，
众生福田也受损，
天界支柱将断裂。
降服邪道乃慈悲，
使用物力难克它。
把这宇宙断裂剑，
源于神鬼之宝库，
交给达杰琼乃乎，
日扎氏族霹雳王，
将要丧命在他手。
这根三界自收绳，
交与歇日臣切智，
内臣智拉格丹将，
无处可逃将活捉。
这柄毒蛇长柄矛，

交给姜子玉拉用，

斗格旺赞象雄将，

就要穿心于此矛。

斗三魔臣要谨慎。

我和嘎德晁通叔，

要斗魔鬼做法事；

法事急速不显灵，

就修苯教白光神，

会把岭营夷平地。

为此法力很要紧。

供奉要盛经多诵，

禅定心劲一处使。

掘藏兵器剑索矛，

事成之后要上交。

此前岭国诸兵营，

扎营之处要防范！

迎战敌人猛将时，

智勇兼顾要谨慎。

士气要高少主攻，

三位勇士要记住，

各自完成任务后，

定有相应的奖赏。

　　格萨尔唱完后，大家都表示很赞同。

　　第二天，三位象雄大将从各自的兵营里挑出百名精兵，直向着岭营袭来。岭国的哨兵看见后立即通知到岭营。这时，嘎尼贡巴叔叔说道，"今天象雄三位大将冲到岭营，会搅乱法事活动的，应该由精兵强将去挡住"。加擦之子扎拉立即全副武装，准备去迎战。然而，嘎尼贡巴叔叔阻挡道："从历算分析，今天的天体运行不利于扎拉出战，丹玛和华拉、玉拉、辛巴、切智和穆都六人带着五十精兵前去迎战较妥当。"话音刚落，各战将已把兵马召集好，径自朝营外去迎敌，恰好遇上了象雄兵马。只见岭兵中冲出一位赤面赤骑者，擦着刀刃唱道：

> 嗒啦啦毛唱嗒啦，
> 啊啦啦毛唱啊啦。
> 佛法僧宝三怙主，
> 勿离常护勇士我！
> 如若不知这地方，
> 这是刹顷奔塘滩；
> 如若不知我是谁，
> 我是内臣切智将；
> 还有射手丹玛将，
> 玉拉辛巴华拉等，
> 六名勇士一出现，
> 阎王爷也往后退。
> 今天取胜之预兆，
> 在那白色山岩中，
> 野牛威风挡不住，
> 径直接近长柄矛，
> 此乃牛头落地兆。
> 在那茂密森林里，
> 猛虎胆大无畏惧，
> 径直走在箭靶位，
> 此乃血染虎斑兆。
> 在那象雄兵营中，
> 三人出来显威风，
> 人头献作战利兆。
> 雄鹰展翅翱翔处，

岂容猫头鹰乱嚣，
鹞鹰猛扑之空间，
小雀怎能逃夭夭；
猎隼猛烈攻势下，
岂容小兔胡乱跑。
不论象将多勇猛，
怎敌白岭诸勇士？
今天你们来此地，
用长柄矛招待你，
白刃刀来接见你，
穿心箭来表扬你。
若你三位不惧死，
就像猛虎扑过来！
三匹战马不怕累，
如礌石般冲过来！
谁是勇士自然见，
谁得战利是英雄。
花花岭国诸神祇，
今天来佑我勇士！

此人唱罢，象军中的智拉格丹将军出现在阵前，唱道：

啊啦啦毛唱啊啦，
嗒啦啦毛唱嗒啦。
天上雷神霹雳王，
畏色虎神火焰尊，
畏玛弥唐嘎巴神，
请为智拉赐勇气！
此是刹顷奔塘滩，

我住千山紫宗中，
智拉大臣是我名；
我是击敌的锒头，
爱护亲人如绸柔。
三人商议大事时，
必请智拉格丹我；
百里挑一是本将，
英名震动千万人。
白岭无端来欺负，
刹顷奔滩驻满兵，
滥杀百姓恃无恐。
小雀鸣叫示盛气，
鹞鹰面前岂可容；
山羊乱叫无惧色，
苍狼面前行不通。
贱岭无勇夸海口，
本将面前岂可行？
赤面赤骑鼠狼相，
狐假虎威示威风，
叛徒败类切智你，
还有脸面装英雄？
与其见人说鬼话，
不如自刎见阎王。
歇日王国被你毁，
除我象雄还谁知？
还把岭国做靠山，
你这英雄乃如此。
无耻协臣狐狸子，
既不能赢仇家兵，

也不自刎保名节，

今天却在本将前，

恬不知耻说大话，

无须你今请我冲，

想冲我才自愿来。

你我智勇虽不等，

今天相遇是缘分。

你扬言有怎么用？

当年被岭摧毁时，

你的兵器在哪里？

这次兵器从何借？

今天本将冲杀你，

丐营如不能摧毁，

本将空谈非英雄。

　　智拉格丹唱完后，三位象雄大将如猛虎扑食一样冲将过来，六位勇士也毫不示弱，犹如野牛斗角般地挡在前面。只见智拉被切智和穆都二人联合挡住，厮杀在一起，却也未能马上见分晓，于是，穆都把剑插在剑鞘里，赤手空拳猛扑过去，狠狠地抓住智拉的铠甲领子把他拉下马来，这时智拉从铠甲下面掏出小腰刀往上直刺过去，穆都当场毙命。切智砍了一刀尽管没砍中智拉却把智拉的坐骑砍成重伤，马跑不动了，于是智拉扔掉马匹直接跑到本部军列中，切智在追赶中忙射了一箭，射死了象雄五十余兵卒。与此同时，象雄大臣协庆射出两支箭死伤岭兵五名，辛巴和丹玛联合起来与协庆刀兵相见，协庆看到这二位无可匹敌，便掉头跑回本部；玉拉和华拉二人与则庆战在一起，虽然则庆的盔被大刀砍成两半，却因为里面衬着苯教的保护符而未能伤及他本人，于是，他二人砍死象军十余人后撤回岭营。

　　第二天，象雄兵营里三位大臣和四位将军各带着三位勇士，扬言要去销毁岭营，径直渡过桑曲河冲到岭营。智拉格丹和雍仲拉格二人各带两千兵马从东门冲入，被丹玛和切智二人所带人马挡住，达戎拉格射出一箭，正从雍仲拉格的盔门穿入而过，却未能射死，于是雍仲拉格愤怒地拔刀向丹玛砍了两刀，但未能伤及丹玛；丹玛立刻还手，狠狠地回砍了一刀，把雍仲拉格劈成两半当场毙命。切智和智拉交锋，各持长矛战了好几个回合都不见分晓，遂罢兵撤回。托赞罗沃将军带着众多精兵强将从南门冲入，把霍尔兵马东砍西劈，死伤过百余人，这时辛巴王和智扎二人并驾齐驱，挥舞大刀，把两个伏虎将领劈死；然而托赞罗沃将军又冲到穆羌的中营砍死了二十余名士卒后，恰好遇上了门域将军格杰智巴，托赞一剑砍下去把门域智巴劈成两半而毙，神子扎拉则杰见状连放了六箭，都射中托赞罗沃将军，却未能伤及，但托赞看到形势有些不利便逃回本部。从西门冲入的是斗毛赤丹和智者尼玛欧丹二人，他俩带着千余兵马冲向蒙古部兵营，打死了五十余人，这时蒙古力士斗迈迎上去，与智者尼玛欧丹刀兵相见，力士勇猛过人，尼玛欧丹见势不妙就赶紧逃回；斗毛赤丹和道杰仁庆智巴交战在一起，但不见分晓，于是各自收兵；斗格旺赞和力士南卡托部带着两千人马从北门冲入，杀死了十余名南部兵卒，汉王埃塞立即前去迎战，用长矛向力士南卡托部连刺三下而未能戳通，力士回击了一剑，把汉王劈为两半，东琼斗拉赤格和达瓦叉赞赶忙迎上去，连砍数下，但未能伤到力士身体，东琼王一刀砍在其坐骑的前胸伤势较重，力士生怕坐骑摔倒，便连忙掉头逃回；斗格旺赞直冲向岭营，劈死了岭营大支的五十余名士卒，卡让金氏部的诺桑与他交战在一起，诺桑受重伤而准备返回时，又中一刀而命丧黄泉，此时姜子玉拉提着格萨尔王赠的优藏长矛，愤怒地冲过来挡在斗格旺赞的前面，斗格旺赞说道："姜子玉拉，你来迎战真是好可怜"，说罢，用力士威慑黑长矛柄往地上蹾了三下，唱道：

> 嗒啦啦毛唱嗒啦，
> 啊啦啦毛唱啊啦。
> 天上雷神霹雳王，
> 畏色虎神火焰尊，
> 畏玛弥唐嘎巴神，

祈请佑护旺赞将！
如若不知这地方，
这是刹顷奔塘滩；
如若不知我是谁，
我是北部五千王，
歼灭仇敌之英雄，
斗格旺赞大将军，
威武犹如那猛虎。
听着青骑短命鬼！
碧空万里无垠中，
苍龙雷声轰隆隆，
自诩点缀了天空，
闪电火光燃烧后，
隆隆雷声消无踪。
门域天使布谷鸟，
自诩鸣声装点夏，
夏去鸣声变哑巴。
花花岭国兵营里，
姜子跳来逞英雄，
自诩可为岭献媚，
不料今日将成鬼。
刚才黄骑不自量，
冲到英雄我面前，
单身如柴劈两半，
你的下场与他同。
古代藏人有谚语，
言语慎重是智者，
识时务者为俊杰，
用武适度是英雄。

若想继续战高低，
本将一旦怒冲冠，
把你剁成肉酱样，
挖心流血溅一地。
此外还把角如王，
活活把心不挖出，
我非斗格旺赞将。
此前本将凭勇猛，
多次冲杀岭营来，
无用岭营乞丐兵，
有啥本事本将知。
苍狼冲散羊群时，
羊群大小狼知晓；
鹞鹰追杀小雀时，
小雀飞力自然晓；
本将冲杀过岭营，
岭兵底细我自知。
今天日头落山前，
不仅要灭姜子你，
还杀角如和晁通，
不把岭国乞丐营，
弄得血流成江河，
我非斗格旺赞将，
言出必行看清楚。

待斗格旺赞唱完，玉拉托居勇士怒发冲冠，往矛柄上吐了一口唾沫，紧紧地抓柄在手，唱道：

塔啦啦毛唱塔啦，

啊啦啦毛唱啊啦。
黑白花色泰让神，
格萨尔王诸神祇，
今天来佑玉拉我！
如若不知这地方，
这是刹顷奔塘滩；
如若不知我是谁，
我住姜域沙漠滩，
上部司赤之主人。
勇士玉拉托居将。
现为格萨尔麾下，
不变善业之命臣。
花儿点缀原野美，
雄鹰点缀山崖险，
玉拉助岭更勇猛。
犹如白狮之玉拉，
下地狱时更为喜；
恰似阎王之玉拉，
遇上敌人更勇猛。
听着虎身疏狼相！
作恶多端不应赦。
雄狮大王格萨尔，
静则犹如观音佛，
怒则恰似阎王爷；
岭国八十名大将，
犹如霹雳谁能敌？
你想歼灭是空想，
是否在做白日梦？
无勇缩头乌龟你，

想和岭国比勇猛，
实想自取灭亡果。
羌笛悦耳声嘹亮，
鬼鸟沙鸡声如哭，
哪个优美听来知；
孔雀彩屏人人爱，
黑身白腹的鹊儿，
怎可与它相媲美？
象雄狐假虎威样，
怎能和我比勇猛。
我这长矛有来头，
它是岭神的兵器。
今日将死之懦夫，
待在家里思害人，
必将成为中阴鬼。
姜子玉拉托居我，
如果勇猛不过你，
徒有玉拉之虚名。

　　玉拉唱罢，就像巨石从山崖上滚落一样，疾驰到斗格旺赞前厮杀起来，斗格旺赞用矛对准玉拉戳了一下，但无济于事，玉拉连忙狠狠地回戳了一矛，正中斗格旺赞的前胸，犹如鲨鱼被海螺穿过一样，矛头从其后背冒出，斗格旺赞顿时气绝身亡，摔下马来。玉拉把其头颅割下来，岭营里响起了一片欢呼声，玉拉又拔出剑东劈西剁，砍死了二十余名象雄兵。这时，伏虎将领羌毛雍仲看到将军阵亡，便恶狠狠地冲到玉拉前，心想，今天如果不把此仇报了，那么活着也没意思。于是唱道：

塔啦啦毛唱塔啦，
啊啦啦毛唱啊啦。

天上雷神霹雳王，
畏色虎神火焰尊，
畏玛弥唐嘎巴神，
祈请佑护我报仇。
如若不知这地方，
这里是刹顷奔滩；
如若不知我是谁，
我是北山八部中，
千户羌毛雍仲将。
姜子倒霉鬼听着！
野牛失子怒冲天，
马熊也被犄角戳；
蛇蛋一旦被人偷，
毒蛇隐藏致人死；
悲兮将军已阵亡，
豁出命也报此仇，
不然活也没名堂。
将军知遇之恩情，
关键时刻不报答，
男儿身如哈巴狗。
姜子小儿往前来，
今天不把你灭掉，
伏虎本将如走尸。
不得不战是象雄，
贪得无厌是岭营。
不报将军阵亡仇，
与其苟且活人世，
不如早死入坟墓！

　　羌毛雍仲唱完，不要命地冲将过来，向玉拉连刺了数刀都未能伤及，然后又和姜域外围部的玉欧交战起来，姜毛雍仲顺势一刀砍在玉欧铠甲的上方，气愤的玉欧当场倒地，玉拉本想用套索将羌毛雍仲擒拿，不料他已掉头逃回。这时象雄兵正在渡回桑曲河，由智拉格丹和姜毛雍仲压后撤兵，切智赶紧将格萨尔赐的套索拴在船上立即坐船追赶上去，当船行至河心时，即已追上逃敌。只听他大喊一声："智拉向哪里逃，你向后看！"正当智拉格丹回望时，正好套住智拉格丹的脖子，智拉格丹本想用刀砍断绳索，但时不待人，这时切智用力一拉，他便掉到河里，被水淹死，到下游切智才拉着套索将他尸体拖上岸来，割掉首级后回到岭营。

　　象雄兵马到本部后，都灰心丧气，说三道四，认为，今天的倒霉事如麦糠被风吹，本来要吹火却被火烧眉毛，智拉大臣溺水而亡，斗格和雍仲二将军丧生于刀矛之下，另外还死了四百余人，真是倒霉极了。于是，大家悲天怆地，拉唇叹息，捶胸顿足，哀叹声声。过了一会儿，托赞说道："我们应该到国王那里，请示下一步怎么办，不能这样坐以待毙。"对此大家一致表示同意，于是，大将大臣都到国王那里，正用饭时，智者尼玛将前因后果无一遗漏地汇报给国王。象雄国王听了心里凉了半截，内心冰冷如雪山，阳光再暖也不热，心痛得钉了无形之钉，沉思良久，最后决定何去何从，便唱道：

　　　　　　　　塔啦啦毛唱塔啦，
　　　　　　　　啊啦啦毛唱啊啦。
　　　　　　　　天上雷神霹雳王，
　　　　　　　　畏色虎神火焰尊，
　　　　　　　　畏玛弥唐嘎巴神，
　　　　　　　　　今请关照王政！
　　　　　　　　如若不知这地方，
　　　　　　　　这是青色帐篷山；
　　　　　　　　如若不知我是谁，
　　　　　　　　我是无敌龙珠王。

众位虎将豹子臣，
今天听我这首歌。
岭人竟然如此狂，
爱将斗格旺赞他，
二十部落也不换，
大臣智拉格丹他，
九大宗也还不回，
想来实在气愤极。
坐等自营有何益，
东方玉鬃雪狮子，
隐在山中如老狗；
南方勇猛花斑虎，
藏在深林如狐狸。
象雄将士伏虎军，
遭受此等灾难时，
血债血还是英雄，
坐视不管如女人。
岭人既是血肉躯，
象雄何尝又不是？
同样都是母亲生，
敌人欺到头上来，
若不还手不如死。
明天太阳出山起，
大将大臣伏虎将，
带着一万精兵来，
浩浩荡荡冲岭营，
尽力活捉角如王，
如果不能活捉他，
去找晁通丹玛将，

玉拉华拉和嘎德，
还有歇日切智等，
逮住谁就要杀谁。
岭人尽管很勇猛，
然我将士如霹雳，
无须产生畏惧感，
你们士气要高涨。
未料无故会欺我，
但已欺来是前缘。
后天二十九日时，
无敌神变伤师他，
将修畏色黑恶咒，
届时可看岭营败。
魔兵岭营之旧账，
这次全部要算清！
若做不到会后悔，
因此不能坐待等。
明天黎明破晓起，
所有兵马要启程！
并肩齐驱冲岭营，
能杀多少算多少！
明哲保身的做法，
和那缩头投降者，
以及败在敌人手，
一旦出现此等事，
活活要剥他的皮。
一不行贿做人情，
二不顾虑看人脸，
本王说话只一遍，

此事众卿记心间！
限定三日杀元凶，
此后岭军三大部，
统统赶尽又杀绝！

象雄王唱完，黑着脸环视了一下众将，接着托赞罗沃将军从上席坐着起来，咬牙切齿地说：“遵照国王的交代，我们一定要把那岭营军杀得片甲不留”，其他人也附和着，立下军令状后各自回营安排去了。

到了第二天黎明，象雄各位大臣和将军，还有敢死伏虎精兵和大部人马直渡桑曲河，冲向岭营。岭营里看到此情景，忙乱成一团，城门等虽然仍有把守人员，然而，托赞罗沃将军和达图顿纳亚麦、弥赞叉白三人各持一把长矛，勇猛地冲了过来。切智和弥努克宗玛夏二人连忙迎上去，但也寡不敌众，丝毫未能挡住象雄兵马直冲向围城里，使岭兵死伤惨重。夏庆和相尼玉赤、相尼大臣三人迎战，托赞罗沃用矛戳死了相尼玉赤，夏庆连忙砍了一刀，托赞罗沃的矛被砍断，他便扔掉矛柄拔出宝刀向夏庆和相尼大臣砍了几刀都没有伤到他们，便无心再和他们战下去，就冲到晁通的营部用刀劈开军帐，发现晁通不在，便又朝着格萨尔大王的军帐冲去。外围守兵未能守住，华拉正在中哨把守，看到托赞罗沃冲过来，赶忙跨上战马，拔出格萨尔大王所赐的宇宙断裂剑，犹如老虎闻到血腥味一样，迫不及待地迎了上去。托赞罗沃也拔出黑铁寒光剑，往马鬃上摩擦了三下，然后直截了当地向华拉唱道：

啊啦啦毛唱啊啦，
塔啦啦毛唱塔啦。
天上雷神霹雳王，
畏色虎神火焰尊，
畏玛弥唐嘎巴神，
祈请护佑本将赢！
如若不知这地方，

这是刹顷奔塘滩；
如若不知我是谁，
我是托赞罗沃将。
对待敌人如霹雳，
因此命名为霹雳。
对待亲人如丝绸，
故而取名为电光。
雄兵出战部署时，
不可缺少是本将。
杀敌之数不曾记，
所缴战利品也多。
再厉害也被我诛。
听着岭人白骑者！
你来对阵实可悲。
将你蠢举有一比：
贪心必会招来灾，
太阳光芒四射时，
小小星星怎能显。
熊熊火焰燃烧时，
草木再厚也难阻。
苍狼觅食冲羊群，
羊儿再多也难改。
无敌勇士战沙场，
岭军再多也无益。
是否是真这次看。
今天日头落山前，
龟孙角如和晁通，
如敢前来和我战，
我用长矛穿其心。

黑心众将用刀劈，
犹如行尸之岭兵，
就像枯草被雹摧，
白骑是否听明白？
白额小儿姑娘脸，
兵器钝如石磨齿，
白额坐骑像毛驴。
古人早有谚语说：
脸如姑娘无胆量，
兵器像铅软无刃，
战马如驴跑不远。
另外还有三句话，
白额男人欺无辜，
白额战马葬送主，
白额女人坏夫业，
这些正和你相符。
岭欺无辜象雄兵，
我部斗格旺赞将，
夏戎智拉赞布将，
智拉格丹大将军，
雍仲拉格无敌将，
智拉格杰等英雄，
以及无数众兵卒，
都被岭兵无辜杀。
为报斗格旺赞仇，
阿纳角如用矛戳；
智拉格丹之血仇，
报到黑心晃通身；
智拉和那雍仲仇，

今要报在你身上。
本将手中此宝剑，
名叫黑铁寒光剑，
若讲此剑之来历，
起初泰让三兄弟，
用九种铁铸三剑：
叉庆、戳庆和戳姆，
铁匠三兄弟打造。
戳姆剑名九角断，
剑刃犹如夜幕降，
蒙古力士之父持。
青色生铁加钢铁，
老二铁匠来造剑，
起名是这寒光剑，
是我祖上的家传，
剑如阎王爷令牌，
是否是真眼下知。
你如往后退一步，
就食女人座下灰，
我如往后缩一步，
就喝女人洗发水。

托赞罗沃唱完就冲过来，华拉听了他的歌以后，也气愤难当，便说道："听着小儿，锅里煮的野牛肉，熟凉都有其时间。两个英雄交战时，说和战都有时间，你如此慌里慌张，表现出无勇无谋，犹如灾难临头的样子。请不要着急，慢慢听我的歌"，说罢，用神歌呀哩六变调唱道：

啊啦啦毛唱啊啦，
塔啦啦毛唱塔啦。

念神赤虎众战神，
华桑光明神鉴知！
这是刹顷奔塘滩，
我是格萨尔麾下，
命臣桑斗阿顿将。
凶猛敌人的克星。
上部右排之首席，
虎皮宝座属于我。
要掏强敌之心肺，
唯我华拉最在行。
听我歌来霹雳将，
杀死斗格旺赞帐，
要记格萨尔身上，
狂出此言之报应，
掏你心脏剁几块，
不成此事非华拉。
杀死黑狗智拉帐，
扬言记在晃通上，
对此想法之惩罚，
你嘴将用刀来堵。
杀死虫儿智拉仇，
以及狗崽雍仲帐，
记我头上与我战，
出此狂言的惩罚，
右手将从肩部砍，
刀尖戳在眼窝里。
古代藏人有谚语，
违背上师之教诲，
会在地狱遭劫难；

违背王者之命令，
从此不得安宁过。
听着短命狐狸子！
叩拜敌人之脚下，
是那无知象雄王，
坐骑送主投敌者，
是你战骑黑花马，
白额妻子损夫者，
是你内人玉珍女。
苍龙雷声轰隆隆，
蚊蝇嗡嗡怎可比，
雷声贯耳蚊蝇死。
雄狮跳跃跨山谷，
小小兔儿想比试，
兔未越过坠崖死。
命臣桑斗华顿前，
短命者你想比试，
勇武怎可与我比，
你的首级由我取。
以往英雄受损失，
今天又增死伤数，
不把你这黑唇杀，
不是勇猛华拉将。
我手里的这把剑，
莲花大师幻变造，
格萨尔王特意请，
交我勇士作归属。
制伏强敌的英雄，
只有桑斗非他人。

> 杀死霹雳的兵器，
> 除了此剑无它属。
> 这次你死已临头，
> 岭国诸神佑我胜。

华拉唱完，霹雳将军听着华拉侮辱人的歌，越听越气愤，眼里含着泪水，咬牙切齿，即便是阎王见了也会退缩三分，怒冲冲地冲了过来。然而，桑斗阿顿是个力大无比、武艺超群的勇士，他很自信而毫不犹豫地冲过去，与他比剑法。华拉一刀砍在霹雳的肩部砍断了右臂，连刀一起落地，霹雳又用左手拔出断角腰刀，这时华拉又砍了一刀，正中霹雳的盔中间直劈而下，肺脏都外露出来。近处有辛巴、丹玛和切智三员大将并排站着，看到霹雳被斩，立马高呼，其他将士也看到了被斩的一幕，大家对华拉的武艺和勇猛感到很吃惊的同时，欢声雀跃，高呼胜利。在格萨尔大王的营帐中，尽管格萨尔和嘎德对外面的事未予理睬，一心做法事，然而霹雳将军的确勇猛过人，而且已冲到离大王营帐不远处，所以晁通的禅定受到了一点点影响，使他不能全身心地贯注于法事。看到霹雳被斩后，晁通情不自禁地脱口而出："英雄莫过于华拉"，于是，格萨尔大王也微微含笑了一下。

再说从西门冲入的是南卡托曾，他带着诸多伏虎将领先到蒙古兵营杀死了二十余名士卒，蒙臣塔巴雍仲看见后迎上去交战，二人先用矛战，谁也没能伤谁，又抽出剑斗起来，不幸蒙臣塔巴雍仲中剑而亡。蒙古赤虎力士和道杰仁庆智巴、夏盖三人合起来与南卡托曾战起来，刀来剑往，谁也没伤着谁，于是，南卡托曾无心鏖战，赶忙撤兵，赤虎力士猛追上去，乱砍了一刀，把象雄的一位伏虎将领劈成两半。

从南门冲入的是斗毛赤丹和三位伏虎将领，智扎和堪巴玉丹前去堵截，没能挡住而直冲到营里杀死了十余名霍尔兵，辛巴立即射了三箭，其中第一支射中一名伏虎将领，当场丧命，第二支射中了斗毛赤丹却未能伤到，斗毛赤丹拔剑冲向辛巴准备与他决一死战时，阿斗拉毛和夏盖冲过来挡住他，联合与他刀兵相见，斗毛赤丹见势不妙，便掉头逃回。

象雄伏虎将领夏孜岗让杀死了四十余名霍尔兵，这时智扎和则格冲过来联手把他砍死。

智者尼玛和伏虎将领龙拉雍仲等从北面闯入，杀死了门域和姜国的十余名士兵，东琼斗拉赤盖见状冲过去挥舞大刀，不仅砍死了象雄的伏虎将领甲叉和龙旦，还杀死了二十余名象雄兵卒；达瓦叉赞和结旭夏叉、诺桑、结东等冲过去抵挡智者尼玛，但未能挡住，他便一直朝着格萨尔圣帐冲将过去决心要豁出一条命来，这时虽有神子桑珠、宁宗王和阿智则格三人联手挡他，也未能挡住，反被智者尼玛顺势一刀将阿智则格的人头砍落在地，切智从后面用矛向智者尼玛戳了两下，都被铠甲垫着未能伤他。神子桑珠用力砍了三刀，然而除了将其铠甲切断以外，无济于事；东琼王抛出套索将其脖子套住，但被他用刀把套索砍断后逃回。

在东面，丹玛已射死了十余人。伏虎将领华智和欧柔智巴二人向丹玛用矛戳了几下都没能伤他，丹玛一刀回砍过去，把华智劈成两半；这时从南部，都格瑝让冲到岭营，杀死岭兵五十余人，玉拉拔剑而上与都格瑝让交战在一起，虽然二人武艺不相上下，但玉拉越战越勇，都格瑝让感到不能抵挡而撤逃，然而切智和丹玛、东琼三位大将各携一条套索乘胜追击。斗毛赤丹正在压后撤兵，看到此三人冲将过来便来迎战，却被三英雄同时抛出套索套住了他的脖颈，斗毛赤丹用刀砍套绳，虽然砍断了两根，但切智的套索却未能斩断便把他拉下马来，诸勇士赶忙围过去把他里八层外八层地捆了个结实，带回岭营，剩下的象雄兵各自退回自己的营地去了。

第四章

象王闯入岭营部，
活捉达戎晁通王。
象雄虽召外围兵，
岭兵依然获全胜。

　　这一天，临近黄昏申时，格萨尔大王和晁通、嘎德三人在岭营做法事，已到抛撒驱魔朵马的时候了。格萨尔大王身着黑衣黑帽，手持密宗法器，俨然一副活菩萨显灵的样子，他把驱魔朵马连同咒语一起抛向敌人，只见驱魔朵马燃烧着且带着如雷轰响，直接飞到象雄国师的修炼处。恰在此时，象雄国师也和他的徒弟们一起施法于朵马，准备夜幕降临时送往岭营，使岭营遭难。不料伴着一阵雷鸣般的混响，智慧空行母三头六臂狮面像、大象像、猴子像等天龙八部如实降临的同时，修炼洞后的山坍塌下来，把国师及众弟子共十三人顿时埋在地下。一挑水的幸免于难，逃回象雄大王处禀报。从象雄营部看，岭营中一团火直往象雄国师处，智者尼玛感到很异常，就跑过去观察，其他将领由于霹雳将军阵亡，不知所措。尼玛说："现在再痛苦也没用，看样子我们也会步霍尔和魔国等的后尘，只是早晚的问题。请伏虎将领拉桑却嘎去向国王禀报此事剩余其他的人，最好到象雄外围去招来援兵，明天我们到岭营把夷为平地，实在不行就同归于尽，不然无颜见象雄国王"，说罢，则庆站起来想要立刻去为霹雳将军报仇，但被智者尼玛挡住，说："今天的日子不大好，我陪你留下，明天咱们一起去报仇。"

话说此时在岭营为庆祝灭国师、斩霹雳、交战赢敌，诸英雄聚集在格萨尔大王的圣帐里，在一派欢乐的气氛中享受着酒肉等美味佳肴，这时嘎尼贡巴叔叔站起来拖着悠扬调唱嘉奖歌道：

> 啊啦啦毛唱啊啦，
> 塔啦啦毛唱塔啦。
> 我以诚心请三宝！
> 如若不知这地方，
> 这是刹顷奔塘滩，
> 如若不知我是谁，
> 我是老年英雄将、
> 嘎尼关巴叔叔也、
> 白岭长支之树叶、
> 白岭中支之命根、
> 白岭幼支之支柱。
> 雄狮格萨尔王他，
> 十八大宗之主人。
> 象雄龙珠国王他，
> 燃灯佛转法轮时，
> 持着邪见灭佛法，
> 后来如此发恶愿：
> 说在释迦牟尼时，
> 能够成为灭佛者。
> 恶愿如今成现实，
> 转世成为象雄王，
> 因此莲花生大师，
> 为克十八邪魔道，

专派格萨尔大王。
不管夜幕怎样黑，
太阳点燃明灯来；
不管土地怎样硬，
雨后春笋自然生；
不管象雄怎样强，
命中注定要灭亡。
象雄托赞罗沃将，
是那魔鬼再转世，
传言与他不可敌，
今已劈成好几块。
无敌战将玉鬃狮，
正统董氏之后裔，
桑斗阿顿斩霹雳，
为此定要褒奖他。
冠顶一颗红宝石，
上插一支孔雀羽，
坐席再垫一个层，
铠甲战马加披风，
紫红绸缎九大匹，
十两黄金等物品，
作为奖励给华拉，
手中洁白的哈达，
戴在华拉的颈项，
祝他吉祥又如意！
左排虎席之上部，
姜国玉拉托居将，
武艺超群无匹敌。
象雄勇士斗格将，

被我玉拉用矛戳，
此等战功非一般。
战马铠甲和披风，
紫红绸缎九大匹，
足赤黄金二十两，
为其战功之奖励。
手中哈达献玉拉，
这是克敌之象征。
传言智拉格丹将，
刀枪不入似神灵，
勇猛犹如黑疯熊，
却在神变套索下，
犹如鱼在水中杀。
此功记在切智将，
他领北方十八部，
效劳格萨尔帐下。
战马铠甲和斗篷，
紫红绸缎九大匹，
还有黄金二十两，
作为战功之奖励。
手中哈达献切智，
愿你常辅格萨尔。
晁通嘎德二法师，
自如驾驭咒法术，
苯教宗神被山压，
奖励黄金二十两。
剑矛套索等兵器，
交与物主格萨尔。
以前不用未授权，

今日白岭事已成。
将那象雄斗毛将,
拴在圣帐之门口。
详细询问象雄国,
山山沟沟之布局,
兵马强弱和多少,
将军运筹等情况。
待到二十九日时,
岭军渡河攻象雄!
象雄国王龙珠他,
由于将军已阵亡,
明天之前会赶到,
来此复仇祭将军。
对此大家要小心,
硬对硬来不得利。
扎拉尼奔和姜子,
仁庆岱利拉格等,
星象显示不宜战,
其他将领严防守。

嘎尼贡巴唱完,弥琼和强昂把斗毛赤丹从囚洞中拉出来,拴在圣帐门前。这时晁通心想,切智无勇如我,只是运气好了竟然与华拉和姜子相提并论,我也不能坐视了了,应该想办法把自己的威望提上去,与哪个上等勇士同日而语才是办法。于是,他弄了一下长胡须,非常严肃凛然地走到斗毛赤丹跟前,唱了这首歌:

啊啦啦毛唱啊啦,
塔啦啦毛唱塔啦。
寿命自在持明佛,

祈请你来加持我！
如若不知这地方，
这是刹顷圣帐滩，
如若不知我是谁，
我是达戎晁通王。
性格犹如剧毒树，
训问敌人我在行。
旬哌能咒人遭殃，
洞囚苯教国师人。
对待敌人猛似雷，
对待亲人柔如绸。
慈悲扶弱像父母。
听着象臣斗毛将！
五花大绑的绳子，
是否感觉很柔软？
囚洞是否很温暖？
与我格萨王作对，
后果究竟怎么样？
霹雳将军劈两半，
斗格死在长矛下，
智拉死狗被水淹，
与岭作对此下场，
此类事儿还会有。
尚未取你性命前，
所问话要如实答。
如果回答是实事，
可以考虑把你饶。
象雄国王龙珠他，
是人是鬼老实说。

是否勇武无可比，
下有多少伏虎将，
主要大臣是哪些？
象雄外围兵马情，
兵器兵力是如何？
领头英雄是哪些？
作战幻变是怎样？
你要如实来回答，
一旦掺有半点假，
剥你皮子蒙你头，
刀尖戳你那双眼，
五匹马来分你尸。

晁通唱完，斗毛赤丹心想：即便我逃过此劫，今天因为出卖自己而必定受到惩罚，难逃一死，既如此，今天死了也无所谓。于是，他回唱道：

啊啦啦毛唱啊啦，
塔啦啦毛唱塔啦。
雷神畏色畏玛等，
今天前来保佑我！
如若不知这地方，
这是刹顷奔塘滩，
如若不知我是谁，
我是七千户之王，
名叫斗毛赤丹将。
在座大王和英雄，
今天听我唱首歌。
贤王持法秉公办，
不会不问乱断案。

对于岭国我不熟，
但我早有所耳闻，
岭国大王格萨尔，
慈悲犹如白面佛，
作对下场不会好。
我今成为阶下囚，
对我恐吓也没用，
那是杀鸡用牛刀。
此前我在战场上，
歇日百户等为主，
歇姜兵马十五人，
死在我的刀尖下，
对此我会作忏悔。
今后岭国王公们，
怎么使唤我怎做，
两个神子来作证。
出卖故乡叛逆话，
杀死我也不能讲。
肉身本来在转换，
与其出卖不如死。
古代老人有谚语，
敌人一旦成囚徒，
就要善待不能虐，
希望能够饶我命。
我的恶魔吃肉剑，
和那黑猪毒舌矛，
还有棕色风翅马，
统统献给格萨尔。
虎皮箭袋豹皮袋，

还有铠甲和头盔，

尽献勇士诸大臣。

最好恕我做大臣，

或让牵马喂猎犬，

最次当牛又做马，

实在不饶我小命，

就请大王高抬手，

别让往生地狱道！

　　斗毛赤丹这样一唱，大家都觉得他的歌没有什么不妥，虽然对他唾骂了一下，可由于他终归没有出卖自己的故乡，都认为其心可嘉。不过，晁通不甘心，还要耍威风，于是他抓起一把灰往斗毛赤丹脸上撒去，并吐了一口唾沫，厉声说道："呸！如果你不把象雄的地域兵马情况如实招来，我立马就宰了你"，说着把其魔剑从刀鞘中抽出一半，向斗毛赤丹跟前走去示威。斗毛赤丹回敬道："晁通叔叔长寿命，你只是对我这个阶下囚耀武扬威而已，象雄和岭国战到这个份儿上，彼此死伤无数，但到目前为止没看见你发过一箭或动过一刀，如果你是英雄怎会这样，不要对着一个没有还手能力的囚犯逞能了。你还在霍岭大战时，出卖岭国的事我不是不知道，你好自为之吧。"正说着恶狠狠地红着眼睛瞪了一眼，吓得晁通后退了一下，惹得岭国年轻将士都不禁失笑。这时格萨尔大王认为反驳有理也就宽恕了他，把他放出囚洞并让他发誓永不背叛，交给协日部管束。大家也表示同意。在紫色容千帐篷中，这时象雄国王由于听到国师被埋在山下面，霹雳将军为主的诸多勇猛将领阵亡的消息，悲痛欲绝，昏厥过去，爱妃和千金赶忙泼洒凉水才被唤醒过来，说道："恩重的国师被埋，肺腑将军阵亡，其余将领有的被杀、有的被抓，损兵折将到这个程度，如果不把此仇报了，誓不为人。"说完，穿甲戴盔，拿着兵器，不管人们怎么劝也不听，跨上战马飞驰而去。总管仁庆智巴和内臣安纳雍仲力士也陪着国王到象雄营部。到了营部国王骑着战马怒气冲冲地喊道："听着则庆胆小鬼！智者尼玛公羊头！你们想战还是等，如果要战就该闯岭营，如果要等你们

就等，总之，我要去把岭营灭。"说完风驰电掣而去。恰好这时象雄兵营
也已做好闯岭营的准备，于是大家浩浩荡荡直向岭营冲去。在岭营里，岭
军看到象雄大队人马径直过来，立刻乱成一团，慌忙准备迎战。起初从东
门由姜毛龙拉雍仲和都格瑝让带着人马冲进来，杀死了三十余名骑兵冲向
前帐时，华拉、辛巴、智扎和堂嘎则格等迎上去交战好多回合都不分胜
负；这时智者尼玛和则庆托格陪着象雄国王带着四十名骑士从南门冲入，
晁通见状心里想：我假装威猛无比的样子冲过去，说不定能把他们吓唬
住，然后再攻其不备兴许能赢，即便赢不了也便于逃回。于是，拿着套索
就要出发时，其儿拉格挡也未能挡住他便冲将过去，切智看见后作为后盾
也跟着上去，二人挡住了象雄国王他们。晁通狐假虎威地唱道：

啊啦啦毛唱啊啦，
塔啦啦毛唱塔啦。
黑白花色泰让神，
来把英雄歌头引！
如若不知这地方，
这是纳庆塘扎滩。
如若不知我是谁，
我住阿扎幸福乡，
乃是石壁城堡中，
阿扎尼玛智巴将。
威猛世上无人比，
现为格萨尔命臣。
岭兵多如海边沙，
虎豹将领有一群，
个个勇猛如霹雳，
你等怎敢如此狂。
听着白人白骑者，
我来给你训训话。

青天碧空无边际，
太阳光环耀人眼，
本想普照在大地，
不料乌云滚滚来。
半空黑云密布处，
苍龙雷声响云霄，
本想收回五谷果，
不料法师转云向。
纳宁琼塘上部滩，
象雄国王声名扬，
原想来毁岭营部，
本将先来要你命。
今天别想来赢我，
且把你命留下来。
象雄托赞罗沃将，
被我用刀砍两半；
智拉如狗被绳绷，
桑曲河里如死鱼；
斗格徒有其虚名，
犹如土豆被矛戳。
是否满意象雄王？
今天死上又送死。
命中该绝白骑者，
无须射箭来杀你，
本将手中神变索，
天上泰让神所赠，
今天抛向白骑者，
武艺再高也难逃。
夺命赞神和岭神，

来把本将套索引！

晁通唱罢，把套索抛出去，正好套在象雄王的肩膀，但他用猛断毒蛇剑剁了三下把套索砍断后，收起剑拿出飞驰红套索，然后唱道：

啊啦啦毛唱啊啦，
塔啦啦毛唱塔啦。
天上雷声霹雳王，
畏色虎神火焰尊，
畏玛弥唐嘎巴神，
三位尊师请明鉴！
如若不知这地方，
这是刹顷奔塘滩，
如若不知我是谁，
我是象雄大国王，
九个万户部落主。
力大犹如疯大象，
武艺恰似熊熊火。
听着贱岭狐狸党！
你心犹如两面锯，
怎能锯我硕大树。
托赞罗沃将军他，
十大宗也换不来，
爱将如我之心脏，
此仇不报非本王。
听着乘骑棕马者，
山岩开路容易凿，
欲劈雪峰开路难；
射箭能杀小牛犊，

对待雄师难奏效；
家养马匹任意骑，
山中野马怎可骑？
欺压弱小你可以，
在我面前怎可欺？
十五月亮之皎洁，
群星与之怎可比？
雄鹰展翅翱翔飞，
贱鸟乌鸦怎可比？
你这老狗之狂吠，
与我象雄狮子吼，
哪个勇猛比来知。
坏母贱儿角如他，
今年起兵来侵犯。
我未杀他加擦将，
塔妻珠牡我未抢，
难道抢过他财物？
如此欺我过猖狂！
孔雀羽毛如彩虹，
羽毛美来心情舒，
狂风雨滴常随伴，
最终却因中毒死。
角如领兵压我境，
自诩勇武贪财宝，
害命谋财干坏事，
最终将送自家命。
今天太阳落山前，
岭营将会受灾难。
王臣首级我来取，

营中战马和铠甲，

作为战利我来夺，

是真是假到时知。

初战相遇棕骑者，

不知你是否尼智，

看来刀柄抓不稳，

定是一个怯懦夫，

不要逃跑与我战，

与敌相撞不可避。

你的套索不顶用，

本王手中此套索，

抛到高空把云抓，

抛到半空把风缚，

抛向敌人如阎王，

今天把它抛向你，

让你半步难挣脱。

象雄王唱罢，立马将套索抛出去，这时晁通胆怯地转身准备逃离，但是套索已经把他的脖子套住正往回拉，他在恐惧中六神无主也没想起来拔刀砍断套索，就那样让人拉着，这时切智赶忙跑过来用刀砍了几下套索，却未能断开，智者尼玛生怕套索被切智砍断，连忙拔刀过来准备和切智交战，切智见势不妙就逃之夭夭。这时晁通已经落马被拖过去。晁通之子拉格和丹玛、桑斗阿顿三人连连喊人救援，则庆正举刀准备砍晁通的时候，智者尼玛从桑斗他们的喊声中知道了他是晁通，赶到面前阻挡道："这是晁通，对我们很有用，与其捣毁岭营，不如活捉此人，不能杀他。"则庆便从马上将晁通提上来，夹在腋下，返回营部。岭营中各路英雄看到晁通被擒，纷纷前去营救，华拉和羌毛雍仲交战起来，战了若干回合不分胜负，玉拉、丹玛和拉格等人奋不顾身跑去营救，但象雄王和智者尼玛以及随行将士射箭如雨点，无法近身；切智把套索抛向则庆套去，则庆用刀砍断套索后逃回。这时象雄王臣兵马已逃过桑曲河。岭营中各路英雄都说今天虽然杀死了象雄三十余人，但晁通叔被捉，真是不幸，应该立即召集兵马，追去营救。这时，格萨尔大王说："今天不要去了，明天大家都去把象雄兵营踏平较妥。拉格你不用为你父亲担心"，大家听了这话，都说大王说得在理。

就在同一时间，象雄国王等人逃回营部，入座就餐，并把晁通用五花大绑绑了个结实放在后排。羌毛雍仲从右排座席上起来拿着刀到晁通跟前威胁晁通，斗格从左排冲上来拿着刀把他踢了三脚进行威胁，晁通已经吓得目瞪口呆须发颤抖，心怦怦乱跳，全身哆嗦得犹如柳叶在风中飘零，这时从左排首位虎皮席上站出智者尼玛，说道："大王有令，按照大王所说你要记住"，说罢，对他唱道：

　　　　啊啦啦毛唱啊啦，
　　　　塔啦啦毛唱塔啦。
　　　　天上雷神霹雳王，
　　　　畏色虎神火焰尊，
　　　　畏玛弥唐嘎巴神，
　　　　诸位尊神请鉴知！
　　　　如若不知这地方，
　　　　这是兵营中心帐，
　　　　如若不知我是谁，
　　　　我是智者尼玛臣。
　　　　象雄兵营之支柱，
　　　　智慧能够开天地。
　　　　达戎晁通阶下囚，
　　　　今天来听本臣歌。
　　　　经常吃那黑心毒，
　　　　最终定会送小命。
　　　　你跟象雄常作对，

今天成我阶下囚。
你是高兴是悲伤？
因果今日得报应。
象雄商人去经商，
无故被杀又被劫，
反把大兵压我境。
今生戎马度人世，
最终老命被人杀，
今生造孽下世报。
今年两国之交战，
根因起自你晁通。
下面请听我歌词，
问话下等男儿时，
答言如布包狗屎，
假话连篇无实言，
含糊其辞胡乱语，
你若这样定丧命。
贱母坏儿角如他，
神变本领有多大？
岭国八十英雄中，
有勇谋者有多少？
岭国兵马有多少？
兵营阵法怎部署？
不可隐瞒如实说。
所劫象雄商人财，
今日如何赔付清？
杀我霹雳大将军，
以及百户智巴等，
这些命价如何赔？

现你应该透真情，
今后岭国狐狸邦，
一兵一卒不乱派！
一矛一箭勿乱发，
此等内容透露后，
保证永远不改变。
如果做到这些事，
可以饶你小性命，
任命你为千户长，
如果你有半点假，
两臂吊在半空中，
脚上下吊大巨石，
身体旋转如拧绳，
作为箭靶乱箭穷！
该如何做自己思！
本将歌儿不解释。

　　智者尼玛唱完，晁通心想，只要能保命，可以把岭国的底细说了，尽量维护象雄的利益。但暂时默不作声，最后便颤抖着说："呀～，大臣尼玛，要达到你的愿望是可以的，但能否把绳子松一松，你已有话了，我当然会有表现的，我会把情况如实向你禀报。"智者尼玛听后吩咐道："两个大臣前去为晁通松绑了，暂时回避一下，我对他有话要问，看他有什么话要说。"待松绑后，二大臣就到一边去了。晁通由膝往前挪了几步，两膝跪地双手合十唱道：

　　　　啊啦啦毛唱啊啦，
　　　　塔啦啦毛唱塔啦。
　　　　化身长寿持明王，
　　　　今天请来引我歌！

如若不知这地方，
这是那宁琼塘滩。
如若不知我是谁，
在那远方岭国里，
达戎十八大部落，
调遣首领就是我。
上部高高金座上，
无敌神子象雄王，
右席虎皮座位上，
大臣智者尼玛等，
在座诸臣听我言！
我会如实禀情况。
今年岭兵来侵犯，
此事由来是这样。
岭国弥琼卡德他，
无故抢劫象雄商，
最后赖在我头上。
古代藏人有谚语：
崖上岩羊滚石头，
砸伤水中无辜鱼，
幼鹿吃了头道草，
幼羚又啃二道莛，
却都赖在幼獐身，
晁通处境与此同。
诸大臣请理解我！
象雄商人之财物，
与我晁通无干系。
从未劫财或杀人，
雍仲诸神可作证。

杀人罪魁是弥琼，
一旦水落又石出，
我有无罪自澄清。
我若说谎人头保；
财物由岭中支抢，
姜子玉墀贡安他，
自从任岭中支王，
他与弥琼联起手，
经常为匪去劫财，
这次豺狼合起群，
将你象雄商队劫。
这次行劫之祸根，
弥琼妻子他二人。
如果想报此仇恨，
岭营圣帐之右边，
小小帐中一矮人，
有匹棕马花鼻梁，
本人武艺不高强，
口齿凌厉不饶人，
近前可将他拿下，
如何报仇可找他。
金顶青色帐篷中，
蠢蛋男人女性脸，
萨丹王的遗孤儿，
是个娇生惯养子，
骑着青马编马尾，
相遇之时射死他。
勿饶以上二人命，
匿报血仇方成功。

岭国貌似气势壮，
实际只有三大将，
华拉丹玛和玉拉，
瞎子中的目明者，
瘸子中的足健人。
切智狐假虎威将，
临阵总会先逃跑，
料想你等已知晓。
嘎德这人较稳重，
其余披甲亦行尸。
有的出阵图应付，
遇事没有主心骨。
白色圣帐之门口，
抛索捉拿格萨尔，
能捉此人大事成，
白岭臣服象雄国。
所抢财物能索赔，
也能血酬阵亡将。
象雄兵马去讨伐，
要防丹玛的箭术；
桑斗剑法无可比，
对他要用箭来取；
玉拉爱使长柄矛，
取他须用套索套；
我儿拉格奔厉他，
武艺高强出众人，
我会把他交大王，
将会臣服于象雄。
我家庶民九大部，

定会臣服于大王。

无敌龙珠智巴王，

请将我们父子俩，

编入您的虎将中，

把我早点释放脱！

并赐可口的饭食。

如何毁灭岭国事，

随后可以继续讲，

若有假话天雷劈。

　　晁通唱罢乞求歌后，象雄国王和大臣都早已知道晁通是个出卖自己人的卑鄙小人，从他的话来看情况都较真实，大家也还满意。于是给他松了绑，让他吃肉喝酒。这时，象雄外围兵明天就能到的消息传到国王那里，国王很自信说："晁通，你所说的办法终而究之，无非是想把岭营灭了，这很好办。"智者尼玛应声说道："晁通是个吃里爬外的人，虽然今天的说话没有什么不妥，但还是要防他。"

　　第二天，天刚蒙蒙亮，岭营中所有兵马将士都集合起来向象雄出发，把象雄兵营围得水泄不通，丹玛、珠氏白脸拉欧桑珠和切智三人带着千余人马从东门冲锋陷阵冲进，其后由圣子扎拉则杰披甲戴盔，手里拿着家传崖撕流星宝剑，犹如阎王降魔似地，冲将过来；华拉、嘎德和宁宗王等带着一千兵马从南门冲入，其后紧跟姜子玉墀及其阎罗式的兵马，形成两层包围圈；玉拉和东琼王、克休尼智三人带着一千兵马从西门冲入，随后赛氏尼奔达厉带着兵马断后；辛巴和阿达拉毛、康巴玉丹智扎，还有蒙古力士斗迈等人带着两千兵马从北门冲入，殿后的戎色拉格奔厉犹如赤面赞神去游岗似地带着兵马疾驰而来，与先锋军相呼应；雄狮大王格萨尔的幻变身和拉普夏盖、智盖塘瑟、仁青大厉等人带着敢死勇士一百名从东南面冲入象雄兵营。

　　起初对阵的是东门守将伏虎将领瑟让赞布，他向丹玛砍了三刀都无济于事，丹玛回砍一刀，人头落地；姜毛龙拉雍仲迎上来杀死了十名岭兵，切智和珠氏弥盖联手挥刀与他交战，双方战了若干回合都不分胜负，最后因众寡悬殊，姜毛龙拉雍仲无法抵挡而向东面逃去；随后丹玛射出了十箭，箭箭穿身而过射死了象雄百余兵。切智挥舞长矛一路冲杀，戳死了象雄七十余人，直逼军帐而去。在南门，华拉杀死了二百余人，这时智者尼玛抛出套索，套在华拉的颈项往回拉，华拉赶忙抽出宝刀砍了三下，砍断了绳索，直向智者尼玛冲过去，他也与华拉交战起来，但二人不分胜负。宁宗王前去帮华拉，智者尼玛担心抵挡不住便逃回。伏虎将领长脸野人挡住嘎德与他交手，嘎德的长矛刺过去正中其腹部，矛头从其后背露出，当场毙命。三英雄杀死了象雄兵三百余人。在西门，玉拉和伏虎将领赤面智擦斗了约饮一壶茶的工夫也不分胜负。玉拉使剑把其矛砍断，赤面智擦想逃走，但玉拉以迅雷不及掩耳之势砍去一剑，正中赤面智擦的肩膀往下劈去，分尸马上。东琼王和伏虎将领赞迈拉让二人交锋，起初二人比箭射杀，然后又使刀，最后把赞迈拉让的人头砍下。在北面，女中豪杰阿达拉毛和都格瑝让交锋，都格瑝让向阿达拉毛射了一箭，将其铠甲片射碎，但无伤要害，这倒是激怒了阿达拉毛，她回射一箭，正中都格瑝让的胸部，铠甲也未能挡住其威力，穿身而过，连带射死了五名士兵，都格瑝让也命归黄泉。则庆将军看到都格瑝让被杀，立即冲上来想报仇，但被辛巴和堂嘎则格二人挡住，与他交手，虽然则庆使尽浑身解数也不能抵挡，于是冲到拉格跟前向拉格挥去一刀，拉格一闪，其马中刀而倒，拉格步行跑回军中，三英雄不知所措时，则庆也稀里糊涂扑向岭兵中，顺势砍伤了两名岭兵后逃之夭夭。

这时，象雄国王龙珠智巴非常恼怒，带着将士冲到东门，杀死了三十余名岭兵，切智向他射了一箭也未射伤他。象雄国王又冲到南门方向杀死了岭兵二十人，恰在这时，格萨尔的幻变身也来到南门，与他战了好多回合都不分胜负，象雄王意识到不会赢，便又跑到西面不仅砍死了岭兵十五人，还把赛氏先巴弥让也砍死了。赛氏尼奔愤怒地冲过去与他交战起来，二人不分胜负，这时格萨尔的幻变身也冲过来联合与他交锋，象雄王知道无法赢他们，又冲到北面杀死了二十余名岭兵。达戎阿努玉丹和超杰维迈、智扎等人冲过去与他交战，达戎阿努玉丹中了一剑当场毙命。辛巴、阿达拉毛和康巴玉丹三人持枪挥剑，与之交锋，但也抵挡不住象雄王时，格萨尔幻变身又冲过来，象雄王不知道是岭国王的幻变身，心想这人我冲到哪里就跟到哪里，斗又斗不过他，象雄兵营已被岭兵包围，现在只好逃了。于是便从北面有松懈处趁机逃走了。智者尼玛、则庆和姜毛三人看到国王正在逃跑，他们也跟过去陪同国王四人一起逃跑，扎拉和玉拉为主的岭国精兵紧随其后追赶，然而最终还是越山逃走了。

在象雄兵营中残余之军有些在战，有些想逃，这时，伏虎将领雍仲拉则向尼奔连刺两枪都没能刺伤，尼奔一挥刀把雍仲拉则劈成两半，众兵卒看到此情景都向尼奔缴械投降，其余二百余人跑到山上，千余人归顺，一千五百余人被杀，伤员二百余人，营中帐篷器物尽数收回。晁通也在营中，看到岭兵后高兴异常，他撒谎道："今天我这老人心想事成，岭兵得胜终究还是靠了我，象雄王今天虽然逃跑，但他们的想法我已了如指掌，以后消灭他将会易如反掌"，说罢，表现出他毫无惧色，并为岭国立了大功的样子。不过，话说回来，晁通被抓，是天神安排岭国通过这个事件，一鼓作气把象雄兵营消灭，起到因祸得福的作用。

第二天快中午时分，格萨尔大王带着将士渡过桑曲河，到对岸把象雄兵营和岭兵合二为一，整编为岭兵。

象雄国王和三名大将翻山越岭，到了桑塘盖巴甲让，与到那里的象雄外围兵会合，他们四人详细介绍了象雄兵营遭难的经过后，外围兵将领咬牙切齿地表示一定要报仇。智者尼玛说："现在去无法赢他们，今夜除了国王，全部人马出动，我们偷袭"，对此大家表示同意。外围兵都在想：霹雳将军是武艺高强，举世无双，如今他也被杀，不知岭兵怎么这等神勇。大家都有点怯乎乎的待命。

这时，尼尼南漫嘎毛神骑着一头狮子，身边牵着一条苍龙，在鲜花和彩虹漫天的光环中向格萨尔大王用蜂蜜细调授记道：

> 纳玛萨巴思德甸，
> 格日德哇扎葛业，
> 引众生入安乐道！

如若不知这地方，
这是纳宁琼塘滩；
如若不知我是谁，
我是尼尼南漫神，
开释未知之能手。
听着神子格萨尔，
象雄外围四大部，
在那桑塘甲让地，
集合兵马在一起。
智者尼玛教唆下，
今夜要袭岭兵营，
岭兵将会遭损失，
因此你应防守营！
做好迎战之部署，
披甲戴盔等敌来。
精兵强将守外围，
敢死英雄要武装。
不死长寿之药丸，
送您大王请服用！
愿你能得金刚身！
后天二十九日时，
应在吉日灭象雄。
所有兵马要出发，
一旦兵马有悬殊，
很难将他象雄灭。
无敌象雄国王他，
你用幻变身来战，
此外谁也无法赢，
其他将领与他战，

那个将领会遭殃。

所有象雄诸将领，

除了智者和羌毛，

其余灭来较容易。

不要多久就会赢，

邪门歪道要消灭，

佛陀教法要光大，

引众生入安乐道！

此后还会有授记，

武艺高强之苯臣，

刀枪不入勿费神，

要派岭国嘎德将，

发挥大力去擒拿，

这些大王要记住！

尼尼唱完授记便消失得无影无踪，不知去向了。人间太阳格萨尔大王听完授记，召集各路英雄将臣，把授记的内容告知大家并安排好以后，大家都表示同意，各自去安排防范事宜。那一夜，象雄兵马按照智者尼玛的安排，外围四大将领带着四千骑兵，由殿军智者尼玛、则庆南卡托格和姜毛龙拉雍仲等人压后，浩浩荡荡把岭营包围起来射箭抛矛，箭如雨下。这时在东门，由珠氏白脸桑珠、玛宁宗王拉厉、智盖塘瑟久迈、拉普上沟白脸和米努开宗玛夏等人阻击，杀伤很多象雄兵马。在南门，由切智、辛巴、阿达拉毛和霍尔六大勇士等人阻击敌人直到天亮。在北门，玉拉为主的各路将士阻击到天亮，双方死伤惨重，但象雄兵始终未能冲入城内。在西门，则庆南卡托格犹如恶狼冲到羊群一样冲入岭营，杀死了四十个岭兵。这时冬氏王尼杰和阿杰甲叉二人阻击，与他交锋，二人互砍了好多次都无伤及则庆，而则庆向冬氏王仅砍了一刀，就把他劈成两半，阿杰甲叉也受了伤，不能阻击而逃回。于是则庆直冲向岭军中营来，嘎德见状，心想：今天则庆如此欺凌我营，非来个你死我活不行。于是他咬牙切齿，皱着眉头，赤目红面地跨在赛过野牛的青马上，也没穿铠甲，披着黑斗篷，把袖子往上挽了挽，唱道：

啊啦啦毛唱啊啦，
塔啦啦毛唱塔啦。
啾啾清凉寒林中，
黑衣吉祥之救主！
今天请把敌人灭！
如若不知这地方，
这是琼塘那麻滩。
如若不知我是谁，
我是玛康岭国里，
中流砥柱嘎氏族，
珠氏城堡金源沟，
嘎德护法是我名。
作法訇哳能杀人，
起咒能断江河水，
力大如牛无媲美，
武艺超群如狮子，
能把大山抗肩上。
北方力士桑珠将，
霍尔力士抬山转，
汉人力士桑珠将，
黑衣护法嘎德我，
乃是世上四力士。
其中本将尤厉害，
声名远扬都知晓，
你等小儿算什么。
古代老人有谚语，

在那高山岩弯里，
长角鹿儿显神威，
不料却在箭下死；
柳树制成的笼中，
巧嘴鹦鹉很自信，
想把口才显一显，
不料却成笼中囚。
大兵交战中心地，
赤人赤马你贪心，
本想杀敌来取胜，
不料将会自丧命，
笑话长留雪域中。
今早冲来交锋中，
冬氏大王尼杰他，
是我长支部落头，
德高望重官位高，
右翼军的带头人，
被你用刀砍两半。
如果不把此仇报，
本将犹如行走尸。
古代藏人有谚语，
天上太阳很耀眼，
照得大地透亮明，
然而有遭日食时。
小山沟里小溪流，
能将一河分两边！
遇上干旱溪亦涸。
象雄将领则庆儿，
虽已杀死岭兵将，

嘎德我来掏你心。
今天你我来交战，
不用箭也不用刀，
比比臂力看力气，
一抛把你抛空中，
让你看看天上星，
二摔把你摔地上，
犹如拿蛋砸石头，
三摔把你摔半空，
犹如白纸抛风中，
把你摔得无原型，
五脏六腑分不清，
白岭都来看奇景。

　　嘎德唱完准备冲过去，这时则庆在琢磨嘎德的歌意，越听越气愤，犹如赞神闻到了烧焦不净味，恼怒无可控制。他怒气冲冲地说道："呀～，你既然如此勇猛，可以慢慢看，先听听我的歌"，说罢就唱起来道：

啊啦啦毛唱啊啦，
塔啦啦毛唱塔啦。
天上雷神霹雳王，
畏色虎神火焰尊，
畏玛弥唐嘎巴神，
请佑本将得胜利！
这是琼塘那钦滩，
我是象雄国王臣，
名叫则庆托格将，
武艺超群赛阎王。
我名岭人早已知，

百只大象拉不住，
力大天下无人比，
百名力士之首位。
空中霹雳轰鸣起，
岩石再硬也成灰。
大河奔腾呼啸过，
土地再硬也成沟。
则庆使过力量时，
将你嘎德毁成泥。
是否是真慢慢看。
古人有句好谚语，
雨后出现的彩虹，
远远望去好颜色，
走到跟前无踪迹；
狐狸尾巴直起来，
远远望去似粗壮，
走到跟前仅一把。
白岭嘎德自大狂，
想和本将相搏击，
实如死尸毫无力。
就按你举例为例，
咱都生自母亲怀，
不用兵器与铠甲，
我要把你摔石上，
若不砸碎你的头，
那就不是我则庆。
象雄国的保护神，
赐我力量赐我胆！
把那敌人粉碎完！

　　则庆唱完甩开膀子直冲过来，抓住了嘎德。嘎德也和则庆一样右手从后抓在其后颈部，左手从前面抓住其前颈喉部，双手往里一紧搊就提起来，犹如鹞鹰抓羔羊般地在空中旋转甩起来，则庆不知所措地被甩在石头上摔死了，在场的岭兵看到后高声欢呼胜利。

　　这时，象雄外围兵将领赞魔炉玛秋协冲到岭营，杀死了蒙古和大食的七十余名士兵，蒙古东土华杰迎上去刺了两枪都没伤着，他回砍一刀把东土华杰的矛头砍了下来，又砍了一刀正中其膝盖而摔下马来，他又紧跟着砍去一刀，把东土华杰劈成两半。蒙古斗迈力士看到后挡在前面，赞魔炉玛秋协拿出弓箭，箭置弦上，不慌不忙地唱道：

啊啦啦毛唱啊啦，
塔啦啦毛唱塔啦。
天上雷神霹雳王，
畏色虎神火焰尊，
畏玛弥唐嘎巴神，
请佑本将得胜利！
如若不知这地方，
这是琼塘那钦滩。
如若不知我是谁，
我住象雄外围地，
险要如扣九环处，
险中之险红崖堡，
外围四部之首领，
名叫赞魔炉玛将。
武艺超群如霹雳，
射箭百发能百中。
世界藏地无匹敌，
是否是真会显现。
雄鹰在崖安巢时，

何故对它布鸟网，
无故缚住它翅膀。
鹿在山上吃草时，
猎人无故设埋伏，
何故割走鹿犄角。
象雄安居在自家，
大兵无故来压境，
拿着屠刀杀无辜，
多少将士死血泊。
无奈赞魔炉玛我，
不报此仇非英雄。
你想赢我不可能，
我王英明无匹敌。
寒风呼啸可刺骨，
遇到火焰无用伤。
不管众生怎口渴，
大海从无干涸时。
你想和我搏一搏，
本将武艺没减弱。
毒箭似那雨点般，
白岭丐营摧毁完，
罪魁祸首角如他，
作我箭靶把命断。
狐假虎威八十将，
我都各个掏心脏。
象雄国王威不扬，
我就不是赞魔将。
冲在前的棕骑者，
遇上夺命魔王我，

今天向你射一箭，

石崖也会射成灰，

日月也会射下来，

群星也会全粉碎。

棕骑岭儿短命鬼，

射在你的心脏间，

如果不能穿心过，

非我赞魔之箭法。

赞魔唱罢，射了一箭，正中斗迈力士的胸部，射断了铠甲片，幸好斗迈戴着格萨尔所赠护身符未能伤及身体，然而那支箭毒气太重而斗迈力士从马上掉下来昏厥过去，所有索波兵都以为斗迈力士中箭而亡，于是慌乱起来，这时赞魔又发了一箭，射死了八名索波士兵后，直冲向中营而来，桑斗阿顿、珠氏白脸和姜子等三人迎上去刀刃相见，玛宁宗王、米努玛夏和智盖塘瑟三人也到那里与之交战在一起，赞魔心想：看样子今天怎么也赢不了。于是从他的鼻孔中出现了一道红光的同时，赞魔突然消失，不见了人影。

再说象雄将军玉奥本从东门冲入，杀死岭兵二十人。这时，和丹玛相遇，二人交起手来却也不分胜负。切智赶过来从后面刺了两枪都没刺进去，玉奥本见状怕斗不过他们，于是逃走。在北门，赤图岱玛砍死了南军士卒二十人时，东琼斗拉赤盖和玉拉托居二人迎上去联合砍击，玉拉的一刀，砍中其马，赤图岱玛只得步行跑回去，总算脱险。玉拉和东琼二人在追赶时杀了四十余名象雄兵。在南门，龙拉雍仲冲进来杀死了三十名岭兵，歇日百户桑珠迎上去用矛戳了三下都无济于事，龙拉雍仲回砍了一剑把他劈成两半。命臣切智为主的四员大将一齐追上去准备交锋，龙拉雍仲回马站立，高举宝剑唱道：

啊啦啦毛唱啊啦，

塔啦啦毛唱塔啦。

天上雷神霹雳王，
畏色虎神火焰尊，
畏玛弥唐嘎巴神，
请佑本将得胜利。
如若不知这地方，
这是纳宁琼塘滩。
如若不知我是谁，
我是姜毛雍仲将，
敲打敌人的英雄。
听着白岭四大将！
猛虎游走森林里，
狐狸何故来跟踪？
多事必成老虎食；
花斑豹子回老窝，
老狗怎敢来跟踪，
无能会把老命送；
本将自走本将路，
胆小鬼儿怎敢追，
武艺不济会送命。
今早我来冲岭营，
杀死好多铠甲兵，
前来迎战赤骑将，
如雷劈石被我杀，
不是空话是事实。
现在你等四勇士，
将于同时归黄泉，
谁是英雄有分晓。
大鹏鸟和黑乌鸦，
不要以为是同等，

大鹏展翅在高空，

乌鸦永远飞不高。

白唇野马和毛驴，

不要以为是同等，

野马奔驰在莽原，

毛驴行走在村庄。

姜毛子和四岭将，

不要以为都一样。

本将催马回本营，

你等前来追赶我，

谁是英雄会分明。

今天我等比刀剑，

要剁你等身万段！

赞神护法夺命魔，

前来助我勇士赢！

　　龙拉雍仲唱完，冲将过来，和他们四人兵戎相见，却也不见分晓。切智用刀砍其坐骑头部，其马中刀而倒，他立即自行跑回营部终得脱险。这时智者尼玛也想闯岭营，东杀西砍，很是威风，格萨尔的幻变身白人白骑迎上去挡在前面，二人斗了一顿茶的工夫也不见分晓，智者尼玛思忖这人很难应付，于是调转马头跑回营部。虎斑嘎东将军冲杀了霍儿尾缨兵十余名，辛巴看到后愤怒地冲过去与他比剑，但也不分胜负，这时辛巴祈请泰让神助威后，只见辛巴的剑头冒出了一尺长的火焰，虎斑嘎东看到后顿生畏惧，自知不能抵过，便逃之夭夭。这时恰好象雄兵营鸣金收兵，由赞魔断后象雄兵马有序地撤回，切智追射了一箭杀死了十名象雄兵。

　　打退象雄兵的突袭后，岭兵中为阵亡的冬氏王举行火葬，格萨尔大王表扬嘎德退敌有功，颁了重奖。

　　第二天是个星期二，这一天所有岭兵都集合起来，准备到桑塘盖巴甲让，冲杀象雄兵营。切智勇士作为先锋，犹如煞星降临冲在一箭之遥的前方，随后跟着歇日两千兵马恰似山头着火，势不可挡而去。紧接着岭国大兵浩浩荡荡，阵势壮观、有序地在前进，格萨尔大王、嘎尼叔、晁通、弥琼和强昂等也跟着大军前进。

在象雄兵营中，看到岭国大军气势浩荡而来，连忙披甲戴盔，准备迎战，岭兵犹如大河决堤靠近象雄兵营。这时，切智英雄用马镫催了一下马，犹如苍狼觅食于山间，手握长矛，从东门对着象雄兵营唱道：

啊啦啦毛唱啊啦，
塔啦啦毛唱塔啦。
上部佛祖圣地中，
恩重上师请明鉴！
红矛畏玛请明鉴！
今天来助英雄战！
如若不知这地方，
这是桑塘盖巴滩。
如若不知我是谁，
我是命臣切智将。
格萨尔王之内臣，
武艺犹如花豹斑。
对敌猛如霹雳火，
对待亲人温如阳。
我兵犹如大海潮，
你等像沙被冲垮。
敢死将领如火焰，
怎不毁你草木军！
铠甲兵将壮如山，
骑兵犹如冰雹下，
步兵犹如旋风吹，
敢死将领如狮子。

狐假虎威象雄王，
如果你真无匹敌，
今天前来与我战，
不然你是女儿身。
智者尼玛公羊头，
姜毛雍仲吹牛王，
若在此地请过来，
我持长矛迎接你。
象雄外围四狗将，
若是男儿来迎战！
谁武艺高比则知。
如果不敢来迎战，
去吃女人座下灰！
猛虎下山呼啸时，
猴子上树藏何用！
苍狼冲散羊群时，
羊群转躲有何用！
英雄我今来挑战，
拟藏帐中有何用！
识时务者快投降！
降者可以免死罪，
不然踏平你营地，
王臣首级作战利，
显显岭国威风气。

切智如此唱完后，象雄外围将领玉奥本迎上来唱道：

啊啦啦毛唱啊啦，
塔啦啦毛唱塔啦。

天上雷神霹雳王，
畏色虎神火焰尊，
畏玛弥唐嘎巴神，
请佑本将得胜利！
这是桑塘盖巴滩，
我住外围黑暗处，
险峻黑崖关隘地，
黑铁铸就城堡中，
我名无敌玉奥本。
听着面前赤骑者！
无勇老狗空吠声，
走到跟前缩无踪。
毒蛇虽然名气大，
展翅大鹏叼空时，
其毒效用在何处？
老虎说来人人惧，
逼到险路中箭时，
无奈成为箭下尸。
切智名气如雷声，
真在沙场战斗时，
不堪一击击则知。
实为狐假虎威将，
是个临阵脱逃人，
总在找寻溃逃路。
无戒师父讲佛法，
成为一方之笑话。
不育妇女之妖冶，
成为该村之耻辱。
无勇装勇之盛气，

将是营伍之污点。
无须给我发请柬，
本将已在你面前。
对敌不用招手叫，
拿着兵器自会到。
无敌象雄国王他，
不是不敢来斗你，
杀鸡焉用宰牛刀？
坏母贱儿角如他，
说是武艺很超众，
但在今年大战中，
没见他来发一箭，
更未见他跑一马，
动刀动矛从未见，
是否厉害由此知。
本将对你更了解，
古代藏人有谚语，
方石砌墙很好看，
语言真实听来顺。
象雄和岭大战时，
中间没你就干净。
歇日斗则国王他，
上部北方之宝贝。
你这吃里爬外人，
将己之父偿敌人，
你的主见由此知。
你的鲁都热恰兄，
还有赞迈东土弟，
都已死在疆场上，

凶手不是我象雄，
而是岭国诸部落。
与其生为男儿身，
不如转世为狗身；
像你投为男儿身，
实在损我男儿群。
英雄如我玉奥本，
常念首领的恩情，
因此今天来交战，
你等岭国之将领，
今天赶尽要杀绝。
出卖灵魂是你等，
本将从未想投诚，
杀我九次也不干。
出卖人会遭报应，
今天你等岭国将，
如割麦草一样杀，
还要剁成肉沫浆。
是何道理我来讲：
五谷被那冰雹打，
怪就要怪天上云，
如果南云不移北，
怎会在此下冰雹，
这都怪你白色云。
过路桥梁被水冲，
怪就要怪天下雨，
如果天上不下雨，
地下怎会冲出坑？
象雄和岭今年战，

怪就要怪你切智，
你不向导带岭人，
岭兵不会来象雄。
今天你我迎面遇，
这是象雄神灵意，
如果不把你杀死，
我非英雄玉奥本。

　　玉奥本唱完，用幻变术变出了和他一样的两个人在他左右，三个人并排冲了过来，切智因为听了他的恶语中伤，恼怒异常，虽然分不清到底哪个是真的玉奥本，但他心中默念着格萨尔大王便向中间的那人狠狠地刺了一矛，正中玉奥本的腹部，矛头从其后背冒出来，他当场摔下马来，同时两个幻变身也顿时消失，于是他把玉奥本的首级取下来，然后又冲到象雄兵营杀了好多士兵。这时辛巴和外围兵将领赤图岱玛相遇，辛巴举起霹雳斧唱道：

啊啦啦毛唱啊啦，
塔啦啦毛唱塔啦。
辛巴巨拉才则神，
请把英雄歌头引！
这是桑塘盖巴滩，
我是亚斯城堡主，
无敌赤面阎罗王，
英雄辛巴弥如则。
不是大话是实情，
现为格萨尔王臣。
听着前方灰骑将！
顿纳名气十分大，
自己以为再无敌，

不料还有白雄狮。
空中黑鹰很自大，
自认飞翔无对手，
不料还有大鹏鸟。
象雄外围将领你，
目中无人自大狂，
辛巴我是你克星。
今年象雄已败兵，
现在你又来送死。
花斑豹子觅食时，
守财狗儿翘尾巴，
本意想护牛马羊，
最终自己送老命。
白岭英雄冲杀时，
外围部落集丐兵，
以此想护象雄王，
最终被岭消灭光。
今天你来迎我战，
是来挨我阎王棒。
本将手中此斧头，
泰让神灵精心造，
砍到哪里断那里，
斧柄长度有九丈，
今天向你短命挥，
不把人马砍两半，
不是英雄幸巴王，
祈请泰让神来助！

辛巴唱完直冲来过去，外围兵将领也直冲过来，二人犹如野牛和老虎相斗，谁也不示弱。赤图岱玛向辛巴砍了两刀也没能伤着，辛巴挥了一下神斧，就把赤图岱玛和其坐骑砍成两半，当场毙命。然后又拔剑冲到象雄兵营，杀死了二十余名象雄外围兵。丹玛也冲过来杀死了象雄十余名士兵，这时姜毛龙拉雍仲挡在前面用矛向丹玛刺了两下，没伤着人，丹玛一挥刀便把矛头砍了下来，姜毛龙拉雍仲又拔刀与丹玛刀战起来，因丹玛越战越勇，互无胜败，于是他只有明哲保身地逃回。赞魔炉玛秋协将军射出一支毒箭杀死了白缨岭兵百余人，桑斗阿顿愤怒地冲过去，赞魔炉玛秋协连歌也顾不得唱，又向华拉、桑斗阿顿射了一支毒箭，华拉头盔的中间顶领被射断。华拉抽出宝剑与他战起来，但他幻变出十个和他一样的人跟华拉斗，因众寡悬殊太大，华拉怎么也没能赢他，虽然华拉也中了好多剑，然而由于有护身符在保护，未能伤到。

　　象雄国王看到岭兵如此欺凌，盛怒异常，披甲戴盔，跨上战马，直冲过来杀死了十五名岭兵士卒，玉拉向他射了三支箭都没能伤他，这时格萨尔王的幻变身迎上去与他战在一起，但二人不分胜负。智者尼玛和外围兵将领斗芮嘎东挡住岭兵，杀了好多士兵，岭兵也毫不示弱杀死了很多象雄兵，但象雄掩人耳目，幻变出无数象雄兵来，使岭兵感到象雄兵越杀越多，阵势蔚为壮观，有点胆怯而士气有所低落时，切智认为应该立即撤退为好，于是鸣金收兵。所有岭兵都听到鸣金声后撤到桑雄盖滩，安营扎寨，那天的战事也算是终告结束。

第五章

象兵把守天险崖，
岭兵屡攻未能克；
尼尼嘎毛施幻术，
降下铁雹破险隘。

次日，象雄国王和大臣们齐聚帐下商议对策，都在议论纷纷，照目前战况，守防依然失地，恋战损兵折将，众多勇猛将领已经被杀，各言其说。这时，大臣智者尼玛为了各位君臣统一对策，起来唱道：

啊啦啦毛唱啊啦，
塔啦啦毛唱塔啦。
雷神畏色畏玛前，
祈请前加持助我！
本将大家已知晓，
足智多谋定夺者，
名叫智者尼玛臣，
在座诸位请细听。
今年岭兵来挑衅，
我们未能敌过岭，

我部大将死伤多，
最后落到这地步，
现在怎能坐视等？
小兔应该隐丛林，
怎能让鹰见自己；
黑蛇应该钻地缝，
怎让鹏鸟见自己；
象雄应该占险要，
无须损兵又折将。
红岩上部有险要，
姜宗黑崖险中险，
险要路段可设岗。
别说将士能过去，
飞鸟都难逃得过。
牛马羊骡等物品，
应该移到杂宁滩。
国王和那诸部落，
今天连夜作准备，
明天以前一定要，
占领姜宗黑崖堡，
我等将领和大臣，
分批压后随国王。
进退都要听指挥，
险要地段强兵守。
红岩云霄险要处，
应由赞魔炉玛将，
还有姜毛雍仲将，
带着兵马严防守、
准备滚石防敌攻，

誓死保住该险要。

我和虎斑果东将，

带着手下一半兵，

严守桑昌险要门，

誓死不放一岭兵。

坏母贱儿角如他，

如是鸟儿飞过去！

如是鱼儿游过去！

不然绝对逃不过。

至尊国王龙珠王，

不要担心应开怀！

牢固威严神庙里，

非雕天然石像前，

祈求神威来助我，

此是最佳的办法。

这场预谋的纷争，

前世宿命已决定。

但我据守地险要，

岭兵无法到那里，

来也誓死不放行，

在座君臣请思虑！

　　唱罢，大家齐声赞成。各部遂回自己的营寨，准备停当，按商议结果领兵，整队前去据守关隘。在营寨原处用幻术布下仍似驻有军马，在那里安营扎寨样子。像纹丝没动一样。

　　就在此时，岭营中雄狮大王格萨尔说：呀，且听岭国诸英雄，象雄君臣各兵营已经退兵把守险关去了。不提前去阻止兵马前行实属不当，先派八员大将前去拦截。又命令叔叔晁通，说远看那些营寨是幻术变的，你准备修持恶咒破除幻术！晁通接到命令大喜，面色红润，左右捋着长须答应道："好！好！我将依照至尊国王的旨意办理"。

　　晁通密修了风刀厉咒，骑马冲向了那幻术的象雄营寨。邻国众兵将看到晁通在象雄兵营里左砍右杀，象雄兵在他的刀下被悉数杀尽。看似杀气腾腾，实乃晁通用风刀厉咒红沙的法力把幻术兵营消灭得像彩虹幻灭一样消失罢了。消除了象雄的幻术兵营，晁通像凯旋的大将回到岭兵的营寨处，远远大喊三声，胜利的吼声如雷贯耳。走到营寨中间下马，看见弥琼，猛踢三脚，像晨晓除暗一样，明明白白地唱了这首赞歌：

啊啦啦毛唱啊啦，
塔啦啦毛唱塔啦。
祈愿苯布诸上师，
如若不知这地方，
这是桑雄窦塘滩，
是我大获全胜地，
懦夫帐中睡觉处。
如若不知我是谁，
我是玛域岭国境，
普日娘宗之主宰，
董裔英雄晁通王，
我是苍穹的青龙，
马头明王的化身，
魔鬼们的索命鬼，
雄狮大王的叔叔，
勇猛无比似母虎，
本王今年六十七，
胆量魄力逐年增。
协同侄子格萨尔，
曾经收复九大宗，
兵将同甘与共苦。

今年头阵做将帅，
自从岭地行军后，
杀敌凯旋总获胜，
牛马财物劫无数，
实说我乃大丈夫。
诸位英雄心莫散，
晁通唱来你们听。
老臣总管王以下，
未尝胜利果实者，
只有弥琼臣一人，
其他时有战果在。
无勇高谈阔论者，
不说三句就露底。
兄弟间的英与猛，
象岭大战要使出。
象雄王的敢死队，
一百卫士盔甲兵，
除了我和格萨尔，
其他谁敢将其碰？
不是晁通王我在，
岭国今日岂有胜？
降服霍尔者是我，
再说姜岭之战时，
大将桑俊霹雳王，
在我威力剑下死。
母虎不露虎斑纹，
不如村野流浪狗。
岭国八十员大将，
若不获胜似女人。

非我达戎晁通王，
谁敢单骑冲敌营？
勇者自应褒与奖，
给我达戎晁通王，
颁奖十个大部落，
切莫要说没必要。
胆小之人当惩罚，
弥琼就应埋深洞。
在座各位多思虑。
此话——记心中！

听罢此歌，弥琼撇了撇嘴，也毫不畏惧地说：呀，达戎王的历史我虽是想起来就恶心，但也不得不竖起二拇指来揭他的伤疤了。不过还是听我事情的来龙去脉讲讲吧，说着就唱起来了：

啊啦啦毛唱啊啦，
塔啦啦毛唱塔啦。
上部佛祖之圣地，
狮子吼前我祈祷！
这是桑滩纳滩地，
我是热洛之子孙，
吐蕃善辩者弥琼，
巧舌犹如故事库，
善辩博学语自在，
弥巴部落之微臣。
我对大王格萨尔，
笃诚崇拜不违誓，
王命不违句句从，
更与大王无二心。

晁通往事无须提，
今天此事当细说。
晁通无胆狐狸仔，
看似勇猛杀千敌，
实乃兔子顶上角，
虚无障眼坏咒语，
岭将自然要知晓。
苍穹南来云朵一，
天边五彩长虹二，
能抓岂非猛英雄，
否则晁通的自吹，
跟抓彩虹一模样。
英雄凯旋拿首级，
不然谈勇是自夸，
空话自夸来邀功，
以往岭国无先例。
此次所谓你英勇，
怎将王臣心自明。
香菇夏到自然生，
隆冬出芽是怪事，
狐狸哀叫山梁处，
谁要听到谁倒霉。
胆怯晁通说大胜，
如今听到令人奇，
障眼虚无幻境事，
谁跟你来论胜负？
达戎晁通获胜事，
有无岭国都清楚。
昨日杀死托赞时，

象雄大王六将臣，
偷袭岭国之营寨，
无勇晁通走在前，
狐狸乔扮母虎时，
偶遇象雄龙珠王，
用那苯布缚云绳，
将你若同鹰抓鸡，
尔似山羊咩咩叫。
还有甚者在后面，
象雄大帐前下跪，
无耻话儿这般说：
你说大王格萨尔，
勇猛无比是谎话，
可用无敌套索抓，
象雄心愿必能了。
一生王对你的恩，
象雄王前你忘记。
在座各路诸英雄，
惩戒晁通用利刃。
怯懦晁通狐狸仔，
还有话儿我当讲。
夏日三月草甸青，
深秋才能结果实，
好事尽被三秋捞。
寒冬三月尽料峭，
初春三月背名声。
坏事狐狸仔所为，
臭名却让我来担。
象雄国之商队客，

小偷截道抢劫完，
一切财物归你囊，
黑锅却让弥琼背。
无耻小偷老猴子，
以往坏事都干尽，
如今这次战事起，
一切根源在你身。
董王以及十三将，
无端丢了宝贵命，
更有岭兵亦丧身，
该怎交代狐狸仔？
不祥之鸟黑乌鸦，
吃完不净食物后，
鸟嘴擦向干净地。
爱偷袭的野狗它，
何以无端咬人腿？
坏事干尽老狐狸，
为何让我背黑锅？
吐蕃弥琼善辩者，
不是弥巴部之臣。
达戎晁通九眼狐，
想将我交象雄敌，
因格萨王慈悲心，
才使我活在人间。
无端污蔑之小人，
如今何可留此地？
晁通要埋深洞里，
岭国有法众王臣，
请送他去大乐地，

罪犯不赦要严惩！
还有其他更多话，
他将岭将八十位，
侮辱之言且听听：
"他说远看岭营寨，
神似三人头模样，
都是佣人穿铠甲。
对其征战讨伐术，
要像公羊抵羊羔。
要像指甲挤虱子"。
晁通这话实不实？
古有俗语这般讲：
"经忏和尚坐监牢，
犯罪分子看热闹"。
此话想来有道理。
晁通奸诈老头子，
无所不说胡言者，
没有身骨如虱子，
毫无头脸如飞鸟，
不知廉耻如狐狸，
多动多事如猴子，
狡猾奸诈像骗子，
除此你能何所为？
当年霍岭大战时，
谁引战火你自知。
今日象雄居险要，
前往讨伐引路人，
说该弥琼当自前，
截道抢占险要处，

方能战胜象雄王。
英雄将要赴战场，
你出此语当何意？
恶口无端污蔑人，
你这黑心毒口袋。
你是不祥黑乌鸦，
你像不吉猫头鹰。
雪山狮子的鬃毛，
老猴缘何来戏抓？
雪狮用爪还击它！
凶猛大獒吠声前，
外人诅咒有为啥？
大獒须防他偷窃！
岭将就要赴战场，
怯狐为何出此言？
胜利岂能让敌拿？
是出发是停在这，
我须三思拿主意。
就如晁通说那般：
花岭国的中帐内，
帐中睡觉怯懦者，
那是巧舌弥琼臣，
说因弥琼胆怯过。
晁通说得也不差，
懦弱无胆我留下，
晁通给我放的假，
此歌献给在座臣，
都把此话记在心！

　　唱罢，弥琼异常气愤，便唾了晁通一口，正想着晁通要是再污蔑就用宝剑刺死他时，辛巴挡住说："不要这样说，当心变成不祥的前兆，时机不可丢失，你俩要是有那么大的怨恨到时到了花岭国，君臣将会明断。如今弥琼不去就不知道那险要的捷径之路，依大王旨意以去为妙。晁通你与兄弟间这般有何必要？没有必要！"

　　弥琼的言语虽然句句击中晁通的痛处，但晁通知道此时逞能不会有好结果，就有点胆怯，笑着说："啊啧！俗语说得好：说话起头带玩笑，没说笑就像说气话；吃饭伊始要供奉，没供奉就像大吝惜！弥琼不必生气。哈哈，不要生气了，按雄狮大王的旨意去当向导，到时叔叔给你奖英雄旗。"弥琼想着晁通的言语虽恶毒，但祸首也绝不会落到我头上。就"就按今天辛巴的承诺，先去当向导，以后当众臣面前明断就是。你要是没有道理，那时别说晁通你没听见！"说完上马，和八员大将疾驰而去。

　　弥琼以前在霍尔国时，曾给苯布法王送过贡品道路熟悉，遂直达协玛山险道鱼贯而去。岭部大营也分成两支大军，分萨昌哲雄和桑普干雄两路随后前进。

　　那日，由于弥琼和晁通舌战耽误了时间，岭九员大将到协玛山的岩顶鸟瞰时，发现象军已经过了险要垭口，大部军马淌到河的彼岸，但殿后的后勤兵马三十余骑和一百余骑兵还在河这边行进。九员猛将直冲过去，犹如锅中炒青稞一般，左杀右冲，杀敌多半，将驮粮马骡三十几匹赶来。象军追兵无印野人达图和六员大将追赶而来，切智、辛巴和周扎三人隐蔽在谷底，其他人围着驮粮马骡等暗候。此时，达图七人毫无戒备地直冲谷底而来，辛巴等三人同时暗箭齐发，无印野人、敦擦钟乌、米曲让乌三人被射下马来。后面四位逃回丈余，看见岭将上马直追，遂勒过马头。那野人柔洽赞布用手摸了摸刀尖，勒马唱道：

　　　　　　塔啦啦毛唱塔啦，
　　　　　　啊啦啦毛唱啊啦。
　　　　　　天上雷神霹雳王，
　　　　　　畏色虎神火焰尊，

畏玛弥唐嘎巴神，
祈请鉴知佑护我！
此地阿洽谷底处，
我是柔恰赞布将。
勇猛无比无人敌。
西部象雄国境地，
柔洽魔鬼九兄弟。
魔鬼名声的来历，
吃人犹如嚼炒麦。
一日剑挑一百人，
那是赞布的来历。
英雄威猛是这般，
听我给你比喻讲：
绵羊高山吃青草，
豺狼为何来偷袭？
小鸟落在荆棘丛，
鹞鹰为何来偷袭？
我等走的自家路，
强盗为何来偷袭？
英雄狭路相逢时，
勇者刀剑见分晓，
懦夫暗袭无羞耻！
猛虎林中威长啸，
斑纹未被血染前，
决不自持就休战。
大鹏展翅飞天际，
羽力还未歇尽时，
自个停下有何用！
英雄报雪恨仇时，

遇敌未取首级来，
不如不去死了好，
风刀剑下显英雄。
听懂歌者耳之福，
未懂再不唱两遍。

唱罢，那霍尔辛巴王在小红马背上用脚将马镫，向前一蹬，也接着唱道：

嗒啦啦毛唱嗒啦，
啊啦啦毛唱啊啦。
黑白花三泰让神，
巨拉才则赞拉神，
今日助我歼灭敌！
此地阿洽谷底处，
我是辛巴米日泽，
自从母亲生下我，
恶行杀生数不尽，
至今依然无怜悯，
今日四个短命徒，
将会尸上摞死尸。
矮马驰骋大草原，
四蹄欲碰乱石兆。
小鸟欲飞白云天，
想让鹰爪刺入身。
四人挡道来逞能，
战马盔甲想送我。
要与无敌辛巴将，
负隅顽抗不可怜。

国王令和死神绳，
看看谁敢来抗衡！
若能抗衡算你能，
那次命上加条命。
人生虽有今来世，
生命长短谁能定？
辛巴自小喜恶行，
你等短命却好斗，
因此血战时日到。
我这恶刀食肉剑，
虽说挥刀无数次，
但是愈来愈锋利。
胯下卡拉小红马，
如今越跑越快捷。
恶行辛巴米日泽，
杀生血流成大海，
如今更加勇猛了。
四人若是愿送死，
就和辛巴来大战，
谁是英雄剑下明，
空话无须说太多，
是否真话试便知。

辛巴如此唱罢，那四人便接连杀将过来，象雄将柔洽赞布和霍尔部的琼那则古二人拔刀相见，柔洽赞布一刀把穷那则古劈成两半，当场命绝。辛巴见状气从胆边生，挥剑冲去，柔洽赞布连砍两刀，虽把辛巴的铠甲砍断，但盔甲下有格萨尔大王所赐法衣，未伤及皮肉。辛巴用恶刀食肉剑回砍两刀，便将柔琼赞布头颅斩于马下。达图顿纳也连砍辛巴三刀，都被一一阻挡，辛巴顺势还击一剑，便从其肩胛砍到胸部，当即毙命。桑舟道吉珠结和周扎二人混战时，切智冲了过去一刀将桑舟头颅斩于马下。达图董擦知托回马和拉布交战时，达瓦查赞和娘宗王两人联合助战，达图虽只一人应战三人，但毫不畏惧，最后还是在胸部中了达瓦一刀，鲜血染红了胸部，娘宗王又乘机一刀砍于其头部而亡。

几位英雄取下其首级、头盔与铠甲，带着战马回到岭国营寨，将详情禀报雄狮大王。雄狮大王说，你等已凯旋，但没挡住垭口，后将不利大王。就按功劳大小论功赏赐。由于耽误象军过了垭口岭军失利，便对晁通稍加批评，晁通一再道歉也就罢了。

过了三日的这个早晨，岭国大军目前一样兵分两路，继续前行。圣子扎拉大军中有魔、霍尔、姜三部，那日，先锋将军为辛巴米日泽，红色头盔之军若血海翻滚，浩浩荡荡经过姜宗黑崖险隘要时，象雄把守险隘的兵将推下滚石，霍尔英雄南拉等十三人被砸死，先头军马只得回撤。姜宗黑崖垭口险要，无法夺取，辛巴只得率部二百余人如珍珠串线般直冲过去，大军随后跟随。象军又将大如毛驴、小如绵羊一般的滚石推下垭口中，霍尔兵与蒙古兵一百多人死于滚石之下。岭军依然边射箭边继续前行，射死四个象雄兵时，风神姜毛雍仲领着四十几个手握长矛的象兵，从险要处稍稍下来挡住众兵去路，箭上弦后唱道：

> 塔啦啦毛唱塔啦，
> 啊啦啦毛唱啊啦。
> 天上雷神霹雳王，
> 今日助我把歌唱！
> 此地乃是中隘口，
> 磐石隔出一昼程，
> 岭军尸首堆积地。
> 如若不知我是谁，
> 象雄十八部落王，
> 姜毛雍仲是我名。
> 听我说话岭贱男！

窄道隘口是否险？
古代藏人有谚语：
要说马儿快与慢，
一夜水草就能知。
男儿勇猛或怯懦，
一日运气知勇懦。
象岭两国交战地，
由我把守此险关，
狗军你绝难脱险。
坏母贱儿角如他，
传说勇猛幻术全，
变成鸟儿来飞过！
象军已将鸟路拦；
变成鱼儿来游过！
象军已把鱼钩安；
变成虫子来钻过，
公鸡会将你啄食。
你想通过此隘口，
让你尸体堆满谷！
岭将虚誇勇猛者，
冲来算你有能耐！
隘口狭如马尾绳，
此处滚石如霹雳，
达图飞步似闪电，
一个人也休想过！
贱岭此生扎营攻，
隘口不失我保证。
你等有勇冲来战，
不敢就是死男人！

　　唱罢，岭军中的南卡托尊隆庆、雷鸣赛博安青、红嘴那巴扎青三人听到象将夸口侮辱，便各拿着长矛徒步冲上前去，那南卡托尊隆庆用脚顶住牦牛大小的一磐石唱道：

　　　　　塔啦啦毛唱塔啦，
　　　　　啊啦啦毛唱啊啦。
　　　　　白色南泰万光神，
　　　　　今日护佑引我歌！
　　　　　如若不知这地方，
　　　　　此地这是中隘口。
　　　　　如若不知我是谁，
　　　　　索默阿希查宗中，
　　　　　蒙臣南卡托尊王，
　　　　　今属格萨尔之臣，
　　　　　辅佐建言献策者。
　　　　　象雄空话大将听！
　　　　　我打比方你自明：
　　　　　要想和那苍天比，
　　　　　无须巨手遮大地；
　　　　　要想和那阎王比，
　　　　　不诵根除轮回经。
　　　　　自夸比那虎威猛，
　　　　　吹嘘堪比灰狐狸。
　　　　　百村制造舆论者，
　　　　　千寨暗投黑影者，
　　　　　今日你的末日到。
　　　　　飓风似刃天空外，
　　　　　大鹏羽翅也会折；
　　　　　红红火焰滔天中，

群鸟欲翔羽毛焦。

滚滚流水所到处，

沙丘再厚也被冲。

千军万马所到处，

孤胆英雄难逞能。

自吹刀剑锋利者，

能砍铠甲方知晓。

自吹射箭本领高，

能射穿头方知晓。

本将手握此长矛，

所刺之处皆刺穿，

不信你来试便知。

今日不除此祸根，

祸头不砸此石上，

阵亡官兵恨不雪，

算我并非英雄汉。

　　唱罢，象兵推下好多滚石，三人依然英勇冲上前去。此时姜毛雍仲射来的一箭射中了南卡托尊隆庆的肩头，伤势严重。众英雄无法靠近，很多岭兵也被滚石砸死，损失惨重。岭军虽也射了很多箭，只杀死象军十几人，三人只得退回。这时，攻打险隘的另外一部分岭兵抄小路前进，象军守兵居高临下射箭杀死霍尔部的四个敢死队员。岭军诸英雄见此情景，披挂上阵，又冲上前去，象军推下更多滚石，又砸死二十多个岭兵。由于地势险要，损失很大，岭兵无法靠近，只得退兵下寨。

　　此时，格萨尔万户营内岭三部、阿扎部、魔部、大食部等部也自桑昌欧嘎的外围前进，至红岩达拉琼宗时，遇三百象雄铠甲兵守军，象军推下三个大如野牛般的磐石，砸死阿扎部十余兵。切智、白面拉普、魔王堂纳三人率领百余铠甲兵步行进岩石路，象军又推下很多滚石，但岭兵以大磐石做掩护，无伤亡。诸英雄放箭射死象兵八九人，继续前行，象兵推下更多滚石，砸死岭兵二十余人。岭兵欲退，象军又推下野牛般大小的三个磐石，砸死岭铠甲兵四十多人。这个险要处就像关着的门一样，岭兵毫无办法，只得退回营寨。诸将商议，暂未找到对策。

圣子扎拉则杰在大营中休息三日，商议未果，说：明日只有跟着敢死队誓死不退，强攻以取之。遂次日天刚破晓，以三十个敢死队为先锋，大军跟随似滚滚波涛，整队前进。象军推下三块滚石砸死大力士安拉三智为首的十三个敢死队员。岭兵毫不畏惧，依然前行。象兵又推下三块滚石，滚石像雨点般落向岭兵时，梵天在天界让滚石从岭兵的头顶飞过，无一人伤亡。

这时，尼尼嘎毛圣母变成一只玉翅金蜂在玉拉的耳边授记道：

> 圣子玉拉则杰将，
> 我是尼尼嘎毛神，
> 雄狮大王护法神，
> 岭国勇猛诸将军，
> 天险隘口难显威，
> 将领还未损失前，
> 岭军果断急撤退。

说完便消失得无影无踪。圣子玉拉立即通知撤兵，将圣母的授记说与圣子扎拉，扎拉也说，只有等雄狮大王得到神谕作何处理了。

次日晨曦，至尊大王想到，收服十八大宗是天神旨意，如今连这小小的珍珠宗也无法降服，神谕也是有用时无法得到。此时尼尼嘎毛圣母骑着无鞍狮子，青龙引路，天降花雨，在七色彩虹间唱了这样一首授记的道歌：

> 嗒啦啦毛唱嗒啦，
> 啊啦啦毛唱啊啦。
> 格日德哇扎葛业，

纳玛萨巴思德旬，
请引众生上乐道！
如若不知我是谁，
我是尼尼嘎毛神，
知晓便听我神谕！
大王岂能再沉睡？
象雄天险共三道，
只有寒风人难越，
苯布法王隐藏地，
隘口细弯似马尾，
岭国驻此即九年，
亦难跨过隘半步，
岭兵英勇敢死队，
已死无数鲜血染，
这般还是小事件，
若再夺隘抢进攻，
岭军将会全覆没，
明日就是十八日，
你王臣来看热闹！
我将暴云聚一方，
火翅青龙犄角间，
异样雷箭十三个，
天龙八部来发射，
岩石隘口砰砰响，
垭口灰飞烟灭生。
岭国两个万户营，
聚在一起成一体！
王臣兵将悉数尽，
全部开进桑雄滩！

神兵营寨下此地，

天龙八部助你军，

山崖隘口夷平地，

岭国兵将报雪恨，

坚定意志心如愿，

神兵天将诸护法，

如同影子不离你，

圣子得谕莫忘记！

唱完便消逝得无影无踪了。次日，各部将领聚于帐中，全将得到的神谕说与各位，个个大喜。遂通知圣子扎拉，便把两个万户营合并一起浩浩荡荡开进桑雄滩。象雄守兵见状，以为岭军失败而归，大喜过望。马上将此情报汇报于象雄王，王说：在我象雄领域内，虽然象雄畏色护法神法力无比，隘口险恶，纵有多少来兵侵犯，看似我军仍能取胜。但无奈岭国兵力强大，达图两部军营尚未下帐就被吞并。凭着地势险要，我们貌似取胜，但还是小心为好，臣协庆你到上部垭口去通知达图守军让时时提防，传达本王信息，让严格管防。

时过半日，天空东北隅腾起恐怖黑云如二十九日下弦之漆黑夜晚，一会儿电光闪闪，整个大地如火焰燃烧。顿时天上下起如大鹏蛋大小的铁雹雨，而后十三个如太阳一般的惊雷炸向隘口。岭护法神将隘口瞬间夷为平地，百余兵马都可齐驱走过，垭口的放哨兵也一同消灭殆尽。象雄大臣协庆对眼前一时灰飞烟灭的险情惊恐不已，想着要派人把情况汇报给象雄王，就说：坏母角如他竟有这等法术！本想纵使他岭军在此驻扎九年也将此险关无可奈何，但现如今已无天险，只有汇报大王，等候旨意。再说，现在顿纳达图你去急速禀报，我等将领守住此地，想法抵挡险隘废墟上的岭军。说完，领兵一千驻守被雹雨炸平的隘口处的阳面，阴面处臣达日郭董带领两千兵马把守，两军刀枪如林，暂时隐蔽在垭口两处。

此时，岭兵如汹涌大河而来，以巴拉桑舟大将、智拉三智大将、玛宁宗王三人、四十个敢死队为首的先锋，开进了把守阳面的象军方向。正在象军混乱之时，岭军像冰雹落地四散一样向象兵冲去，象将达图彭措拉达三箭射死岭军三个盔甲兵，岭将智木噶放箭将他射下马来。勇猛的象将协庆冲来用枪刺杀了十二个岭兵，岭将巴拉将大刀抽出砍去，刚好和长枪遇个正着，把协庆的枪头砍为两截，打落下来。协庆顿时抽出剑，刀剑相向，不分胜负。协庆看着没有胜算，就乘机回马逃走。三位勇将左砍右杀，杀死象军四十多人，象军放弃垭口逃命。

去进攻阴面守军的东琼斗拉赤格、门巴达瓦迟赞、惊雷诺桑等三员岭将领率领南方兵两万余人浩浩荡荡而去，正遇象军中之大臣达日郭董红人红马上前，将箭放于弦中唱道：

啊啦啦毛唱啊啦，
嗒啦啦毛唱嗒啦。
天上雷神霹雳王，
畏色虎神火焰尊，
畏玛弥唐嘎巴神，
均请明鉴佑本将！
如若不知这地方，
这是隘口炸平墟。
如若不知我是谁，
我是象雄十八部，
卓宗分支领头人，
斗氏之子郭董将。
英勇无比猛如虎，
比武能战阎王魔，
岭贼狐狸听我言，
你来此地不合宜！
阎王死绳等着你，
不会让你有去路。
雄狮发威雪峰处，

想把鬃毛露出头；

老虎发威森林中，

想把斑纹露出头；

英雄发威敌人前，

那是今天要胜你。

岭贼军的先锋中，

勇猛敢死有哪位？

若有现来我面前，

长箭之茶让你饮，

斗董右军内里处，

利箭九十足迎宾，

今日短暂来欢迎。

彩虹图纹刀鞘内，

恐怖利器觑见你，

决不放过一仇敌。

　　唱完慢慢往前走来，身后又跟来达图三员大将。岭军阵前大将东炯斗拉酷似一堵断裂的冰山一样在花鼻白马上仰身蹬踏几下马镫，唱了这首歌：

啊啦啦毛唱啊啦，

塔啦啦毛唱塔啦。

香钧四面大梵天，

玉拉香布雅嵤神，

盖巴索加惹巴神，

鉴知吞敌人心肝！

这是隘口夷平墟，

我是南兵主心骨，

来自白色海螺城，

东炯斗拉是我名。

我列八十大将中。

你等小小兵马将，

长长茶宴没结束，

又像短短磕头人。

狮子亮起鬃毛时，

狐狸毛色怎堪比？

老虎亮起斑纹时，

饿狗怎敢狂吠叫。

东炯斗拉威严前，

无胆你能装英雄？

因是岭将多威严。

今日砍死无勇者，

一是我喜战沙场，

二我白马疾如风，

三是来敌太无勇，

四是隘口已夷平，

看来更是事凑巧。

疾疾奔驰花鼻马！

触断宝剑速砍头！

今日血流要成河！

　　唱完冲了过去。象将达日郭董射来一箭，正中东炯斗拉的前胸，铠甲哗啦啦绽开但未伤及性命。两人对剑三回，东炯乘达日郭董的漏招一剑砍下，剑中象将达日郭董肩头，砍下半身而亡。岭将达瓦查赞遇到象将达图木让赞布，两人长枪厮杀，达瓦查赞的长枪刺中象将达图木让赞布的腹中，落马而死。象将达图隆成纳布和惊雷诺桑对刀，隆成纳布抵挡不住而逃，斗拉一箭射下马来。三位英雄和旗下兵将杀敌无数，象军溃散而逃。岭军遂如滔滔河水而过，黄昏时大军在砂岩滩安营扎寨，由于大获全胜，兵将皆欢欢笑笑与营中庆贺作乐。

第六章

天命岭王格萨尔，
神箭射死象雄王。
象雄大地太平安，
勒马凯旋返白岭。

象雄王臣在宫中忧心忡忡，无法安心，派兵里外三层把守城墙，城外无人能进，城内无人能出，严守等待。国王龙珠密修畏色虎神后，能变可以协助消灭岭国军队的响铜四勇者，这时他感到这一法术现有了用场，遂将宫门边的马身似的磐石用金刚开凿，果然取出了磐石内的八个铜人。象臣看见个个惊叹不已。三日来双方休整未战。

二十九制敌的吉日到来时，象雄城的东西南北四方各有十员敢死岭将各带领千人准备强攻，城头乱箭齐发，城门内有铸铁加铜门闩，岭军无计可施。此时东门处玉拉、克秀白玛两人依着长枪将要登上城墙时，象兵联合用石块砸来，两人只得退下。西门处嘎部护法白纳大将用三块大如公羊的磐石砸向城门，砸开城门一角将守门的象兵也砸死十几人，岭兵杀入城门内。象将姜毛雍仲挡住去路，杀死岭兵黄顶部十五人，岭将卓郭前去和他交战，受伤过重撤回，象将姜毛雍仲乘胜追来，查董丹增扎巴、夏扎、嘎代三人挡住去路交战，象军占住有利地形用石头、箭和长矛进攻，岭兵损失严重，只得撤回，象兵重又守住了城门。岭兵回营商议，圣子扎拉则杰心烦意乱间唱了这首歌：

啊啦啦毛唱啊啦，
塔啦啦毛唱塔啦。
年达巴则赞神主，
请关照我英雄歌！
如若不知这地方，
这是岩顶最高处，
诸将议事中军帐。
如若不知我是谁，
我是东部花岭国，
艾齐朝宗之主人，
万户扎拉则杰将。
在座各位将臣们，
稍作安静听我说，
如今怎能空等待？
万里苍穹云霄处，
如火烈日金光灿，
日光欲将雪峰融，
却被南云遮挡住。
坚不可摧城墙内，
象雄花盔顶国王，
想把岭兵全消灭，
但是岭将猛若雷。
岭兵常获凯旋归，
今日守营有何用？
三夏枝繁叶茂时，
山不聚水非甘霖。
青龙雷声响山间，

不摧红岩非青龙。
夏日柳树成荫时，
初夏使者杜鹃鸟，
不鸣六调非杜鹃。
敌败我军乘胜时，
象雄把守坚固城，
不准城墙非岭军。
英雄沙场遇险时，
若不如雷向前进，
心灰意冷怎能胜？
起初征战敌军时，
杀敌应如骤雨降，
岂容接二连三逃？
炸开城门进攻时，
若不誓死猛征战，
三心二意难凯旋？
勇士不破那城墙，
城外射箭有何用？
白岭国之众将领，
如同天空彩虹艳，
走到近处是虚幻，
狐狸尾巴看似大，
握在手里是假象，
农区毛驴奔跳劲，
真要赛跑却后退。
岭国英雄的勇猛，
面对敌人却无勇。
以往收服九大宗，
如今遇到强敌将，

是战是逃在座思！
扎拉则杰人和马，
明日午前攻城门，
好则杀敌得胜利，
坏则首级献劲敌。
雄狮战神格萨尔，
请来杀敌夺胜利！
血债不能用血偿，
则杰不如不出生！

扎拉则杰如此唱罢。右上座处的大臣协日切智在猛虎图案的座垫上唱道：

啊啦啦毛唱啊啦，
塔啦啦毛唱塔啦。
顶礼佛法僧三宝，
驻我头顶勿分离！
这是降魔岩滩地，
我是协日部族将，
切智善心向佛法，
皈依至尊格萨尔，
切智乃父母孝子。
雄狮大王之大臣，
对敌如仇勇向前，
在座各位听我说：
老于水中金眼鱼，
游走惊涛骇浪间，
金眼遇浪永不闭。
老于雪山白母狮，

行走如刃寒风中，
四肢利爪永不寒。
老于沙场岭大将，
敌城铜墙铁壁内，
敢死将领无阻挡。
圣子留在营寨内，
万户岭国人脉兴，
雄鹰切智当先锋。
明日黎明破晓时，
岭国誓死敢死者，
城墙要如惊雷劈，
不染千百敌人血，
切智等于是死尸。
明日正当午后时，
岭军一要佔敌城，
二将达图头砍下，
三要取胜扬天下，
不然大臣是虚名，
无颜再见圣子你，
若死坟墓明日挖，
不死就要凯旋归。
圣子不要烦于心！
雄狮大王叔伯俩，
一生为王之恩情，
这次本臣当报答，
不然算我负义者。
战神大王诸护法，
祈请助我战强敌。

　　唱罢，岭将丹麻三智、巴拉桑斗、玉拉、智拉三智四人起身誓言。叔臣嘎乃说，按切智所言，诸英雄勿违诺言，扎拉留下为大军主心，不用随军。

　　象雄君臣如前坚守城门。各臣兵将都按战果大小嘉奖，大摆酒肉宴席。象雄王龙珠扎巴自金座上起立，很威严地唱道：

<blockquote>

塔啦啦毛唱塔啦，

啊啦啦毛唱啊啦。

万里晴天碧空中，

天上雷神护佑我！

火山燃烧宫殿中，

畏色虎神火焰尊。

紫色容千帐篷里，

畏玛弥塘嘎巴尊，

祈请佑我歼灭敌！

我是无敌象雄王，

如若不知这地方，

这是天险红岩宗，

如若不知我是谁，

我是象雄教义主，

名叫龙珠扎巴王。

印度佛法国王一，

支那刑律国王二，

本人象雄国王三，

称作世界三君主。

三大君主我为先，

今年岭军入侵后，

本国独挡七国军，

血洗凶手将两年，

</blockquote>

目前尚还未确定。
天险隘口看似平，
在这险要红岩宗，
死神也会难逃生，
三年坚守我宫殿。
无边北方之劲敌，
吐谷浑兵将攻岭，
象雄协同吐谷浑，
可以消灭贱岭国，
之前把守险要处。
达图姜毛雍仲将，
勇猛无比谁能敌？
生子如你可一个，
前排座上唯有你，
万户印鉴赐予你，
氆氇宝剑和铠甲，
马鞍笼头加骏马，
五项嘉奖给予你。
达图东日赞郭你，
可领南兵七千正。
大臣尼玛奥丹他，
无人撼动如大山，
幻术无人能及他。
还有千军和万马，
犹如天空无边际，
犹若大海无变化。
雪恨易如在掌心，
无须惧畏争胜利！
保卫家乡在自己，

　　　　　　杀敌如拿首级来，

　　　　　　奖励自是不用说，

　　　　　　本王就是证明者。

　　　　　　不比格萨奖得差，

　　　　　　拿取首级在我手，

　　　　　　毒箭一支射死他。

　　　　　　发现逃跑叛变者，

　　　　　　活人也要将皮剥，

　　　　　　在座各位记心中！

　　如此唱罢，诸将臣齐声称赞，各个信心倍增。

　　次日黎明时分，岭大军在五个敢死将领的率领下，似鹰鹫飞向天空威猛异常地出发了。先有东门处先锋切智连发十五箭，射死城关守军十五人。发射雄狮大王加持的铁羽神箭把城门炸开，冲进城门。此时，岭兵也跟着强攻拥进城内，双方各有损失。象将达图道吉赤丹杀死众多岭兵，岭将智木噶用长枪将其刺死。姜木龙拉杨中向切智发射毒箭一支，正中切智之胸间，虽射落铠甲但下有大王赐予的护身符，没有伤及皮肉。切智也反射一箭，正中龙拉杨中胸间，但箭头未能射及肌骨。两人以刀相见，切智处于下风时，智拉三智、达瓦查赞、宁宗王三人过来合力围杀，姜木将领们无力抵挡，便向北部方向逃去。诸英雄杀敌无数，象兵有的逃回二层城墙内，有的投降。

　　南门处丹麻发射三箭也将城门射碎，冲进城内杀死救百人。象将协庆挡住去路双方发生箭战，两方都未中箭。两人遂抽刀砍杀，不分胜负。此时，岭将朝嘉维纳一箭射死协庆的坐骑，协庆徒步逃跑，丹麻抛出套索套住协庆，协庆用刀斩断绳索，又将向丹麻挥刀而来时。丹麻射出一箭，因协庆劫数未到，没能中箭。协庆自南中门逃入二层城门内。达图贡纳王向丹麻抛来套索套住了丹麻，丹麻抽刀将其斩断，两人遂以刀相见。丹麻挥出之第三刀砍下贡纳王头颅，其他象军逃回二层城堡。

　　西门处岭将智嘎代举起如野牛般大小的三个磐石砸向城门，城门震裂砸碎，岭兵冲入城内杀死众多象兵。霹雳闪电赞斗抽刀杀入岭军中，杀死十八铠甲兵时，巴拉桑斗异常气愤提起巨宽大刀挡住去路唱道：

啊啦啦毛唱啊啦，
嗒啦啦毛唱嗒啦。
上部战神血城中，
华桑战神王明鉴！
念达玛布战神主，
今日保佑助英雄！
如若不知这地方，
石城二层城墙地，
英雄得胜凯旋地，
砍杀象军屠宰场。
如若不知我是谁，
无敌桑斗阿顿将，
华拉愤怒杀敌时，
死神也要急退后；
坐骑东日驰骋时，
疾风也被抛后边。
兵器利刃巨宽刀，
刀落坚岩劈两半，
英雄我就这般猛，
今日你我巧相遇，
看谁勇猛而异常，
魔头且听和你讲：
无毛裸身的蝙蝠，
飞翔苍穹是幻想；
碎步奔跳土拨鼠，
驰骋草原是空想；

魔头惯养骄横者，

英雄马前是懦夫。

今日看你似勇猛，

将被阎王套索降。

今日英雄我必胜，

不把你身斩两截，

桑斗英雄为虚名。

太阳独行遇煞星，

老虎独行中利箭，

你今独行遇到我，

东日骏马亦快奔，

我的利剑将挥动。

盔顶花部我军兵，

鲜血染红敌疆场，

今日不报此仇恨，

苟且偷生非好汉。

　　桑斗唱罢，犹如斜坡落滚石一段冲将过去，象将赞斗猛匝也过来，两人以刀相见，砍杀几个回合，不分胜负。桑斗的巨宽刀的刀锋，划过赞斗前额，赞斗微伤，流血于眼眉间使视线模糊，赞斗回马欲逃时巴拉桑斗伸手抓住他的背旗带，挥刀砍去，连臂带刀砍于马下。赞斗因是魔子，未能死去，逃至城门处被姜子射来的利箭穿过背心，赞斗落马而亡，这一箭不仅射穿了他前后心，箭头飞去还射穿了三个象兵。岭兵顿时占领了中层城堡。

　　北门处玉拉用三支泰让神箭射开城门冲进城内，门边遇到象将达图巴杰向他猛刺三枪未中，玉拉连挥两剑将达图巴杰头颅砍下而死。接着冲进象兵中剑挑七十余人，岭军也冲进城内杀死众多象兵。同时，达图达日赞郭握枪刺死岭兵六十余人，岭将阿扎布前去挡住去路，两人长枪相见，象将达日赞郭猛刺三枪，刺中阿扎布的腹部而亡。岭将斗拉赤嘎、克秀白马、达瓦查赞三人举刀杀来，达图达日赞郭见状逃走，边逃边射一箭将克秀的坐骑射死。逃回城内，岭将追赶未遂。象军也逃回城内，未逃回的投降玉拉，祈求饶命。那日，二层北城门仍由象军把守，城外已被岭军占领。

此时，象雄国王听到外围城门被破，异常愤怒，顿时穿戴铠甲手持利器，欲上马出城迎战。王后、王母和协庆三人劝谏国王，未能劝住，龙珠扎巴国王毫不犹豫，仍骑马而去。协庆、姜毛雍仲、阿纳东布、达瓦查赞等将领也跟随象雄王而去，君臣五人从东门出城，趁岭兵混乱之时已到岭兵眼前，象雄王龙珠扎巴将箭搭于弦上唱道：

> 塔啦啦毛唱塔啦，
> 啊啦啦毛唱啊啦。
> 雷神畏色畏尔玛，
> 今日情作我战神！
> 如若不知这地方，
> 这是宫殿外围处，
> 如若不知我是谁，
> 象雄龙珠扎巴王，
> 威猛无畏无人比。
> 贱岭诸将听我言：
> 岭军罪行谁堪比？
> 象雄王国太平时，
> 当初强盗做帮凶，
> 半路打劫之能事。
> 其后各守自家门，
> 杀我无数放哨兵，
> 最后无故派军队，
> 杀我达图各将军，
> 有何缘由能否讲？

今日大军将领中，
可有誓死敢死者？
若有现在就显身！
坏母贱儿角如他，
本王驻守本国时，
派兵千万来骚扰，
残忍杀死无辜者。
是我杀你贾擦将？
是我抢你珠姆妃？
是我杀你容擦将？
是我毁你加卡官？
大军缘何压我境？
吐蕃古人有谚语：
一生练武练兵者，
最后就在刀下死；
侵吞无罪人之财，
拂下坠地狱之种。
闻名天下格萨尔，
若在今日来我前！
谁是英雄斗便知，
我乃象雄无敌王，
能成对手来试试。
深山雄鹿螺色角，
猎人多而获者少；
药中之王是麝香，
求者多而得者少；
龙珠扎巴象雄王，
与战者多赢者无，
今日来战之结果，

　　不放一敌和一兵！

　　象雄王唱罢，射来那一箭，杀死岭白盔兵三十人。岭将切智、白面斗荣阿丹、智米嘎等人一一冲杀过来。岭将智米嘎听到象雄王如此辱骂威严若山、胸怀若海的大王格萨尔，气愤难平，露出阎王般血红的恶相，想着大显本将的威风且不能忍受这般侮辱，就到马前唱道：

　　　　塔啦啦毛唱塔啦！
　　　　啊啦啦毛唱啊啦。
　　　　祈请金刚威猛神，
　　　　今为本将把路引！
　　　　此乃苯滩城墙外，
　　　　我是智部山岩处，
　　　　东智西智之主人，
　　　　本是杀敌砍头者，
　　　　拉乌三智是我名。
　　　　你这象雄狐狸王，
　　　　苯布黑狗嘘毒气，
　　　　世间佛法之敌人，
　　　　今年就到消灭时。
　　　　世界大王格萨尔，
　　　　不用你等来叫阵，
　　　　今年定来把你斩。
　　　　熄灭燃烧的火焰，
　　　　有那清清的河水；
　　　　根治毒蛇之毒液，
　　　　有那药中王麝香；
　　　　消灭黑狗苯布王，
　　　　战神雄狮格萨尔。

险恶鳄鱼张大嘴，
眼里所见都想吞，
有那白海螺其敌，
看你还敢骄傲否？
象雄黑狗说空话，
吹嘘所向皆披靡，
本将宝剑利刃前，
是否能抵来试试。
自往桑滩悬崖下，
二道城门外围间，
满地都是象雄尸，
生存者皆是岭兵。
如今死尸加死尸，
不请自到来我前。
雄狮大王格萨尔，
决不跟你这厮战！
枝条何须用斧砍！
我和前来四英雄，
活着吐蕃美名传。
要不宁愿死无首。
柏树梢间杜鹃鸟，
传扬妙音六变调，
不是炫耀美妙音，
时节变换所使然。
岭国英雄八十将，
勇猛美名传天下，
不是炫耀武力强，
为救魔部赴佛国。
福报已尽龙珠王，

不将你心斩两半，

我非拉乌三智将！

　　岭将智米嘎唱罢，将顿纳饮血剑抽出剑鞘冲了过去，两人对剑良久，
不分胜负。岭将丹麻、宁宗王、阿达拉毛三人各抛套索套住龙珠王，三人
拉向三方，象雄王用剑砍断套索继续和智米嘎厮杀。三人合力助智米嘎同
象雄王交战，但未能伤及象王，此时智米嘎乘势一剑，象王的坐骑中剑将
要倒下时，苯布泰让神用法力，给象王的战马恢复了呼吸后四蹄不着地而
逃走。切智射出一箭，正中象将达图达瓦赤丹的心胸，落马而亡。这时，
象将姜毛雍仲威风凛凛地抽出宝剑，唱道：

塔啦啦毛唱塔啦，

啊啦啦毛唱啊啦。

雷神畏色畏尔玛，

今日护佑本英雄！

此地乃是城墙角。

万户营寨之中间，

我是姜毛雍仲将。

红人红马将听着！

以前处处遇到你，

今是你名消逝时。

你我随处能遇到，

众里挑出专安排。

那是阎王选中你，

因你事事都干尽。

遮挡洁白月光者，

光耀烈日就是我。

凶猛野牛山岩地，

起初本是不该去，

去就应取野牛角。

红斑老虎行走处，

起初本是不该去，

去就应取红斑皮。

今日本将战利品，

将那公敌格萨尔，

即或不能擒到手，

我与切智两面派，

天随人意已相遇，

谁是勇者分分晓。

我这大勇宝剑锋，

是否锐利砍便知。

你能往回逃一步，

我就食了女臀灰，

饮了坏母角如血！

唱罢，直直杀向切智，两人剑锋对决之时，巴拉、玉拉、达瓦查赞三人前来助战，姜毛雍仲退后逃走。此时，象将窦日和白面斗荣阿丹对刀，窦日出刀砍中阿丹胸部，斗荣阿丹当即身亡。协庆和拉布夏嘎两人对刀一时不分胜负。象将阿纳董乌向智米嘎刺了三枪，并未智米噶戳入盔甲，回刀砍断其枪头，又砍出三刀，但象将阿纳董乌身上有苯布法王的护身符，未能杀死。象王等四人逃回城内速速关了城门。

双方休整三日。第四日早晨岭军将城门围得水泄不通，城下刀枪如林。东门由象将姜毛雍仲、南门由阿纳董乌、西门由窦日、北门由协庆四将各领兵千余人在东西南北四城门把守。岭将辛巴从北门冲进去用斧头砍死三十余名象兵，北门守将协庆射出三箭，射死十二名霍尔部兵。霍尔六名巴督尔前去挡住去路，与之刀战。协庆三刀砍死巴督尔嘎措查布。其他巴达稍稍退后，协庆便逃回城门内道。五位巴督尔乘势把外面的象兵全部杀死。

南门处丹麻摧毁城门，冲杀进去。守门象将阿纳董乌挡住去路向单麻猛刺三枪未中，丹麻回头一刀将阿纳董乌头颅砍掉，滚落地下。丹麻冲进象军，野狼闯入羊群般杀死六十余人，杀得象军七零八落，四处逃窜。剩下象军卸甲投降。

东门处由切智砸开城门冲杀进去，象将姜毛雍仲一枪将岭魔部将领窦道杀死，长枪穿过窦道右胸至左腋下。切智和斗玛道青两人对刀，斗玛道青的战马受伤退回，逃回城门内道。岭兵顺势砍杀，将剩下的象兵全部杀死。

西门处由斗拉砸开城门冲进去，窦日赞郭手握长枪挡住去路，一枪刺死岭将门部董丹。岭将斗拉赤嘎、达瓦查赞和夏嘎丹巴三人用枪刺去，岭将斗拉赤嘎刺中窦日赞郭心窝倒下，岭兵砍下窦日赞郭首级冲了进去。象军阻挡不住岭军，逃回内城门里道。岭兵乘胜追击，冲进内道杀死象兵十余人。切智长枪刺死三人，斗拉挥刀砍死十人。这时，象军内道守卫日达瓦章多、巴丹久买两人各射三箭，射死六个岭兵，象兵又回头杀来，岭兵退至门外。内道城门依然被象军把守。

那天深夜，雄狮大王格萨尔在白色神帐中稍稍休息入眠时，圣母尼尼嘎毛用道歌授记道：

愤怒身相莲花生，
坏诛尊前我祈请。
我是南曼空行母，
预示未来授记人，
黄色金座之主人，
无敌神子格萨尔，
听我授记莫烦心，
象雄苯布龙珠王，
身边将军臣子们，
将被岭军消灭尽，
坚固城门将冲破，

岭军将要尝胜果，
一切心愿将圆满。
本月十八吉祥日，
过了正午未时分，
就是龙珠丧命时。
除了大王格萨尔，
其他无人能胜他。
天界之王大梵天，
赐你圣喜大宽箭，
此箭必须射魔心，
神及护法陪伴你，
是否神子那时看。
龙珠扎巴象雄王，
他修畏色护法神，
钻地犹如蚁入穴，
防止逃向吐谷浑，
逃走后果不堪悔，
神与护法控心诸。
将向岭国各营进，
绒子拉赛本鲁将，
今年本命有厄军，
那擦去世的灾厄，
明日不便出营寨，
万军主帅坐帐中。
岭国敢死诸将领，
铜墙铁壁把城围！
协庆尼玛布丹将，
将骑幻化之骏马，
将逃北方吐谷浑，

不让逃脱当合围，

岭军心愿将要了，

亦临收服珍珠宗，

大王且要记心间。

　　说完若彩虹般消失。次日，至尊大王召集将领说了圣母的授记，布置停当，众人大赞格萨尔。第二日，岭军围于城下，刀箭林立，杀声震天，将四城门我围了个水泄不通。城内象兵射箭抵挡，双方损失惨重。岭兵杀进城内，占领了内城。正在密修畏色神的铜人使者的国王龙珠扎巴愤怒异常，将四个铜人使者从宫顶抛向城门四角，四个铜人从四面各个拿剑每人杀死两个铠甲兵，岭兵的刀剑砍在铜人身上，瞬时变成灰烬。此时，雄狮大王格萨尔手执灭幻开光神物，骑着野马霹雳骏刹那间到来，对四个铜人进行了开光，四个铜人不会交战原地站立岭军十分诧异。晁通看到铜人无力交战，就想显露英雄本色，过去砍了三刀，只在铜人的剑锋上掉下三块指甲大小的铁屑，再砍一刀将自己的刀尖砍折，弥琼看见大笑，晁通羞愧难当，坐卧不安，到处乱跑。此时，岭国诸英雄率兵冲入内城冲杀，双方死伤无数，终于攻占了内城。

　　象雄王臣忧心忡忡地将宫殿四个大门关闭，四门皆重兵把守。王臣商议对策，大臣协庆自右座首位站起，唱道：

啊啦啦毛唱啊啦，

嗒啦啦毛唱嗒啦。

天上雷神霹雳王，

畏色石身自然尊，

畏玛弥唐情鉴知！

这是威严宫殿处，

我是大臣名阳光，

无敌国王之谋臣。

在座王臣听我说，

今年战乱前因果，
一是岭王通幻术，
二是岭将多勇猛，
三是岭国多诸侯，
三因加上初误断。
而今等待有何用？
岭国魔将魔鬼兵，
明日将要毁宫殿，
以往险隘和城墙，
以及军旅都无效，
受挫才成为今情。
等待宫殿守不住，
逃走没有路可走。
无敌龙珠国王你，
冥修畏玛畏色术，
钻地入洞离此地，
要走北方吐谷浑，
象雄联合吐谷浑，
再战岭国做准备，
报仇雪恨再商议。
云端高飞大鹏鸟，
若不顺风有分寸，
超高锁骨被风摧；
河中白腹金眼鱼，
躲开铁钩才保命。
无敌龙珠象雄王，
勇猛若不限分寸，
再战将死如面前。
喜惹措姆国母你，

公主曲吉卓玛措，
快从象雄国库里，
取来珍珠光明宝，
五彩锦缎与哈达，
献给岭军大营部。
我和姜毛雍仲将，
把守官殿已无用，
曾经杀敌血成河，
投降亦恐难保命，
明日岭军要来战，
能逃就去吐谷浑，
不逃就把头颅掉。
最好能把角如杀，
要不也斩扎拉将。
心烦意乱有何用，
在座君臣细思量。

　　唱罢。皇后和公主听罢，潸然泪下，握住象雄王的手泣不成声地哀求道：怎能丢下我母女？怎么逃那角如也是上天如飞鸟，入地如虫子，我母女俩的命运就丧在他手了。象雄王心情愈加悲痛，就唱了这首定心的歌：

啊啦啦毛唱啊啦，
塔啦啦毛唱塔啦。
天上雷神霹雳王，
畏色虎神火焰尊，
今助英雄策智谋。
这是威严官殿处，
我是象雄龙珠王，
在座各位听我言：

白羽鹰鹫飞蓝天，

虽能长空随展翅，

心中仍念白岩顶。

象雄龙珠扎巴王，

上天入地虽可去，

心中挂念母女俩。

在座群臣与家眷，

不是本王随心定，

如今难以守宫殿，

本官失手局已定。

我获四大身自在，

虽可钻地随意逃，

但仍牵挂在座臣，

好歹皆因无神通。

我自畏色火焰尊，

自然石像巨石处，

钻地入洞走他乡，

最终回国雪国恨，

将和家眷来团圆。

或者誓死保宫殿，

死活大家眼中明，

祈求本尊护法神，

神谕授记会明了。

除此本王无他想，

在座群臣心中记。

唱罢，群臣称赞有声。象雄王在畏色神自然石像前献了贡品，诵祈祷文，呼本尊及护法神后，用黑色宝布罩住。忽见宝布上显出神谕文字四行，但念神阿布盖左已经将神谕内容改为："幻术坏儿格萨尔，黑土地下放冷箭，象王强攻岭军营，援兵来自吐谷浑"。

　　吉庆的十八日，岭兵从四面八方将象雄宫殿如铁桶般团团围住，象雄王与协庆、姜毛雍仲等三人从东门出来，姜毛雍仲若大水冲毁草甸一样冲入岭军杀死岭兵十几人。丹麻放出一箭射中坐骑，姜毛雍仲人仰马翻，但姜毛雍仲起来徒步冲向丹麻臣格日坚赞，一剑将格日坚赞砍下马来，当场气绝而亡。另有三将也受了剑伤，姜毛雍仲又骑上格日坚赞的战马杀入岭军中左砍右杀，切智抛出套索套住了他。姜毛雍仲挥剑砍了三次未能砍断，遂冲向切智。切智往回逃，姜毛雍仲紧追而来。丹麻上前挡住去路和他对剑。几个回合下来，丹麻一剑将姜毛雍仲的右肩连同宝剑一起砍下来，但姜毛雍仲依然在马上用左手重拾宝剑，砍向丹麻，丹麻的铠甲哗啦啦四处散落，未伤及皮肉。切智上前用利斧砍中姜毛雍仲胸部，顿时血流如注，姜毛雍仲依然凶狠而咬牙切齿地用左手勒住了切智的脖子，两人滚下马来。切智用剑刺入姜毛雍仲心窝，姜毛雍仲吐血而亡。切智全身血肉模糊，似一位血人。据传切智喝了三口姜毛雍仲的心脏之血云。

　　象雄王龙珠扎巴也勇猛杀入岭军，杀了将姜阿嘎丹擦将以及三十余名岭兵，直冲而来。见到格萨尔王身穿战神九甲，胯下骑野马霹雳骏，三界神弓上放入神箭阿嘎力青挡住了去路。象雄王想到：来者可能就是坏母角如，如今已无路可退，也保不住王宫，不如先试着一箭结束其生命，不行就抓住铠甲和他拼个你死我活再说投降，遂就上前唱道：

啊啦啦毛唱啊啦，
塔啦啦毛唱塔啦。
天上雷神霹雳王，
畏色虎神火焰尊。
此地王宫前门处，
我是威猛象雄王，
我四大身获自在，
能将魔妖使为仆。
世间无人战胜我，

无敌勇猛似老虎。
身骑野驴者请听！
祸害岂非格萨尔？
挡我去路心猖狂。
坏母祸根角如鬼，
世间坏事你干尽，
上自印度佛门地，
下至支那法治间，
无恶不作当属你。
今年大军压象雄，
岭国孤儿兄弟死，
今来象雄有何干？
托赞将军往下数，
赛擦阿杰往上算，
千户达图百十名，
赶尽杀绝未剩下。
关隘王城尽毁灭，
这是为何请讲来。
你等别处干坏事，
在本王处行不通。
射死小鸟之小技，
不能用于红斑虎。
上鞍套笼给马驹，
怎给野马套鞍镫？
心狠手惨似毒树，
你是屠夫杀人魔。
今日路遇象雄王，
自小天命之定数。
如今遇到本王我，

吐蕃古人有谚语：
一生练武练兵者，
最后必在刀下死；
平时贪婪良民才，
将获坠入地狱果；
这个谚语是真理。
今日本王之胜果，
利箭将射穿你心，
扎拉心跳如击鼓，
岭人哭声将满山，
否则我非象雄王。
雷神畏色畏尔玛，
助我利箭穿敌心！
饮尽坏母角如血！
要像螺穿鳄鱼身，
刺箭直射再如心！

唱完，射出一箭。那箭飞过处，生出一股毒气。神界龙界念界三神暗中改变了毒箭的方向，未射中格萨尔王。格萨尔王借助空性的冥想未能被毒气伤身。格萨尔遂在三界神弓上搭以神箭阿嘎力青以战神勇士锐气声调唱道：

啊啦啦毛塔啦唱，
塔啦啦毛唱啊啦。
上师佛陀和僧宝，
勿离我身驻我顶！
铜色华日宫殿中，
莲花大师请明鉴！
上下战神查仓中，

九大战神请鉴知！
白色海螺官殿内，
大梵天神请鉴知！
东北碧玉大海官，
尼尼嘎毛请明鉴！
璁玉庄严刹土上，
青白度母请明鉴！
愿佑一切善业昌，
愿将恶业皆毁灭！
此地城门内道处，
我是战神格萨尔。
一千佛祖共救儿，
降伏四魔之英雄。
肉身乃虹幻化成，
生命牢固胜刚。
四大之身获自在，
象雄王听我说来！
你的恶端数不尽，
建立反佛邪道门，
诸恶不善如毒树，
佛法教义之敌人。
你等尤在两年前，
岭国太平安宁时，
内臣窦日恶魔将，
血洗斗荣诸营寨，
一切生者杀戮尽，
一切财物抢劫完，
杀人就用命来偿，
所劫财物还未收。

今年引发征战中，
杀死岭将十三人，
岭兵死伤数不尽，
如今要你来偿还，
前世因果无法躲，
阎王催命在你头。
雪山狮子威武鬃，
老狗头上一把毛，
乍看有点相似处，
狮鬃乃自生庄严，
狗毛像片破烂毡。
象雄外道苯布王，
与我雄狮格萨尔，
勇猛幻术虽相像，
我是战神格萨尔，
你是魔道黑心汉。
谁善谁恶看便知。
搭于弦上霹雳箭，
能将金刚化灰烬，
能将魔身射飞散。
不要后悔男子汉！
知道将师修于顶，
不知空诵嘛呢经，
不下地狱我担保，
世间财物和女人，
不要心牵挂肚肠，
勿恋群臣与万寨，
一切是幻皆无常，
彗星扫月一般快，

马上送你去西方。

象雄龙珠记心间。

　　唱罢，那神箭同火焰闪电一起发射。这天因到了象雄王收伏的时日，那神箭像海螺刺穿鳄鱼一样刺穿心脏，象雄王顿时落马而亡。岭兵看见魔王已死，胜利喊声震天地，砍下了象雄王的首级颅。格萨尔王将象雄王魂魄引到了西方香巴拉。

　　象将协庆杀死六名霍尔兵时，岭将辛巴、斗玛多青、周扎等七位挡住他的去路，协庆只有骑着由泰让神幻化的红马飞快逃走。岭将扎拉、玉拉、董琼、克秀王、周扎七人紧追过去，追到九山九滩地，最后到了红沙草滩，扎拉骑着蓝鸟飞马首先追上了协庆，从一箭远处发射三箭，一箭中了马的前胸，协庆掉下马来。协庆知道不能逃脱，就想着拼个你死我活，遂拿剑徒步冲杀过来，和扎拉对剑。协庆先砍扎拉两剑，因寿命衣的保护未及扎拉，扎拉一剑把协庆的头颅砍了下来。扎拉把首级和铠甲拴在战马后座，过来时遇到董琼，下马谈论战果时玉拉也到了。随后辛巴和巴拉等也到了。将扎拉杀死协庆的经过说完，诸将高高兴兴地回了岭营。

　　此时，象雄内臣达瓦拉乌章多和巴丹久买两人在宫殿内，章多说：你要怎样自己明白，如今我视如心脏的国王已经去世，坐等把守不住王宫，要是投降虽能保住性命但只能在敌人的屋檐下苟且偷生，不如死去，干脆找几个垫背的一块儿死个明白。巴丹久买说：你我此生亲若兄弟，虽没能同生，但可以共死！说完两人披挂上马从南门而出，左右砍杀蒙军时，岭将南卡托尊提长枪一枪刺死巴丹久买。章多继续杀死三个大食兵直接冲去时，岭将夏嘎丹巴、多加任青扎巴、阿达拉姆三人各射一箭，三箭齐中章多。受了重伤的章多回马杀来，终因寡不敌众被夏嘎一剑劈死。

　　岭兵冲进内宫，众象兵投降，库内财物尽收。休息七日，分发给岭兵很多财物，岭将多一份，其他人员不论胜败也各自分到战利品。

　　吉祥的十五日，圣贤格萨尔大王由岭将二十人左右护卫，领兵一百多人前往八龙阿加滩掘藏。叫雄狮啸天的山岭处，在高耸云端的白岩下，有一巨若大象的磐石，格萨尔王举起劈岩巨斧，连劈三斧劈开巨石。拨开石屑，掘出珍珠之尊，光明珍珠宝，如意珍珠宝等三界无价之宝，珠宝大者若孔雀蛋，中者若羊粪蛋，小者若小豆一样的无数的珍珠，驮回圣帐。

次日，格萨尔兵营分发财宝。奖给圣子扎拉光明珍珠宝和白珍珠一百颗、灰白珍珠一百颗、天蓝珍珠一百颗。宁本、姜子、任青达力、拉郭、总管王、晁通等奖白珍珠八十颗、天蓝珍珠十五颗。丹麻和玉拉等内臣八大将多奖一份，其他人奖励均等。遂设宴庆贺七日。

派信使与发布于象雄各地，二十五日聚于大营处，中青老少皆敬献给格萨尔数不尽的供奉。雄狮大王格萨尔为象雄立十善明法，高山立经幡，平川堆嘛呢石，地上刻擦擦佛像，大河筑桥梁等。将苯布法轮全毁于河中，邪见者都转入了佛法密宗大手印，给予六字明咒的灌顶、加持和教言，修持密法大手印，寺内供奉按佛教传承予以重修。为了众生的信奉、大将的除障，象雄人得到安宁，格萨尔设立了三个金瓶、五个银瓶，三本金字莲花生传记等语供；建立了佛堂修了四座巨大的和好塔作为意供。消灭了苯教。佛法兴盛于象雄，将象雄十八宗的总管权授予协日部大臣切智，十八宗作为岭国的新属地。

在戊午年的十月二十三日，雄狮大王格萨尔启程回岭国，象雄臣民遥送三个驿站高高兴兴分别而去。王后、公主和大臣斗毛赤丹随格萨尔当晚在协日达滩安营扎寨。当晚，大臣切智迎格萨尔王于宫殿内供奉无数财物，请求了观音菩萨的灌顶。第二日岭将等也回赠护身等诸多物品，大家忍痛分别而去。

这日，岭兵回到亚光花堂滩。因大王回师的信使通报，岭国桑龙臣、敦巴坚赞、阿杰三将臣前来迎接，三十日到达岭国，君臣皆于龙虎宫内大摆筵席。岭国诸上师、叔辈、女家眷们敬献哈达，金杯盛茶，银杯盛酒，各自欢饮畅谈时，格萨尔王后珠姆银杯内斟酒，手持哈达由十名女仆簇拥着唱道：

> 啊啦啦毛塔啦唱，
> 塔啦啦毛唱啊啦。
> 璁玉庄严刹土上，

至尊度母前祈请！
东北碧玉大海官，
尼尼嘎毛神明鉴！
如若不知这地方，
这是岭国狮虎官。
如若不知我是谁，
加洛敦巴之女儿，
多康王母叫珠姆，
瞻部女郎之表率，
美若天仙皆心羡。
柳树枝头布谷鸟，
妙音歌喉醉人心，
美丽羽毛似蓝玉。
茶房主妇珠姆我，
声名大故称王母，
洁白肌肤永不变，
腰身婀娜若纤竹，
心善洁白如海螺，
这是珠姆三不凡。
金座稳坐格萨尔，
今日且听我唱歌：
右边金风碗有茶，
浓茶滴滴是甘露，
百种茶树之精华，
汉地香茶茉莉王。
来敬君臣凯旋归，
身健体壮永长寿。
左边风碗中有酒，
去年陈酿隔年酒，

上月陈酿隔月酒，

昨晚陈酿隔夜酒，

还有嘉绒葡萄酒，

饮此美酒禄位升，

家庭团聚圆满酒，

杯杯斟满我祈祷。

无敌王臣诸将军，

未能相见过三载，

今日相见是吉祥。

我愿王身苍穹天，

乌云无遮是吉祥。

生命日暮总管王，

无病无灾是吉祥。

各部英雄虎豹将，

不变斑纹事业旺，

邪见魔鬼象雄兵，

犹如野草已烧尽，

苯教臣服反佛法，

魔地点燃佛明灯，

岭军反攻多勇猛，

后辈吉祥多安宁，

黑头吐蕃贡献大，

佛法无边暖人心，

弘法子民得福报。

宝藏开凿无价宝，

享用无尽珍珠宝，

胜利战果心欢喜，

雪域吐蕃的福报。

如今臣民心愿了，

花岭国之诸部落，
今日更比昨日好，
财物牛马更加多。
尊父桑龙大王他，
心宽体胖幸福在，
母亲噶撒拉姆她，
今日更比昨日健，
尼玛奥本寺庙内，
祈祷供奉做善事，
岭国都城玛域地，
今日更比昨日富。
上师弘法寺院兴，
部落首领禄位升，
长辈长寿无灾难，
大小村落享太平。
宝盒取出绫罗锦，
哈达名叫白日安，
外有八宝吉祥图，
内有轮王七政宝，
献给大王格萨尔，
愿与圣明战神王，
时时觐见永不离。
白色织锦此哈达，
我献董氏珍宝王，
如意成事神之子，
扎拉作为祝贺礼，
我愿时时能见面。
右座拉郭本立将，
我献你一红哈达，

愿你虎滩显斑纹！
白色织锦长哈达，
献给外围木座上，
智慧天门打开者，
总管王作见面礼。
愿你智慧如意树，
枝繁叶茂永吉祥！
黄色织锦长哈达，
敬给宁本为厚礼，
我愿长支之须弥，
肖然不动永吉祥！
蓝色织锦长哈达，
敬给姜子为厚礼，
我愿中支之大海，
涨落不变永吉祥。
白色织锦长哈达，
献给任青达力你。
汉地锦缎天蓝色，
敬给丹麻内臣将，
我愿丹麻均毒海，
淹毁心颤永吉祥。
羊毛精织长哈达，
敬给桑斗作贺礼，
愿你雪山狮子群，
鬃毛显威永吉祥。
黄色织锦长哈达，
敬给嘎代作贺礼，
我愿嘎氏大地草，
硕果累累永吉祥。

彩虹显影般哈达，

献给拉乌三智你，

我愿智氏天上星，

时时闪亮永吉祥。

祝愿征战凯旋归，

祝愿你获战利品，

祝愿不老享幸福！

祝愿财物牛羊旺，

祝愿制伏四面敌，

祝愿三界皈依佛。

在座王臣永长寿，

来此诸将心愿了，

祝愿吉祥满天空！

祝愿祈祷满大地！

珠姆如此唱了吉祥祈祷之歌。岭国王宫连续十五天大摆筵席，歌舞升平，欢天喜地。事后，辛巴和玉拉为首的外臣敬献哈达给萨尔王，格萨尔王也给每人恩赐加持圣物，摩顶开光。外臣们高高兴兴率兵回了各自的诸侯国。

智拉之子娶了象雄王的公主华仲琼措为妻，象雄王后拉姆才嘎出家为尼，象臣斗毛赤丹官复臣位。雄狮大王格萨尔为有情众生开始闭关修行，只有王后珠姆和大臣弥琼二人才能觐见。

《象岭之战·英雄喜宴》，终。